수록 작품 발표 지면

「가방처럼」 … 『너의 오른발은 어디로 가니』(돌베개, 2024)

일곱 개의 초록

ⓒ 2025 황보나

초판인쇄 2025년 10월 20일 | 초판발행 2025년 10월 30일
글쓴이 황보나 | 책임편집 김지수 | 편집 원선화 이복희 | 디자인 김성령
마케팅 정민호 서지화 한민아 이민경 왕지경 정유진 정경주 김혜원 김예진 이서진
브랜딩 함유지 박민재 이송이 박다솔 조다현 김하연 이준희
저작권 박지영 형소진 주은수 오서영 조경은
제작 강신은 김동욱 이순호 | 제작처 영신사
펴낸곳 (주)문학동네 | 펴낸이 김소영 | 출판등록 1993년 10월 22일 제2003-000045호
주소 10881 경기도 파주시 회동길 210 | 전자우편 kids@munhak.com
홈페이지 www.munhak.com | 카페 cafe.naver.com/mhdn
북클럽 bookclubmunhak.com | 트위터 @kidsmunhak | 인스타그램 @kidsmunhak
대표전화 (031)955-8888 팩스 (031)955-8855
ISBN 979-11-416-1372-3 03810
잘못된 책은 구입하신 서점에서 교환해 드립니다. 기타 교환 문의: (031)955-2661, 3580

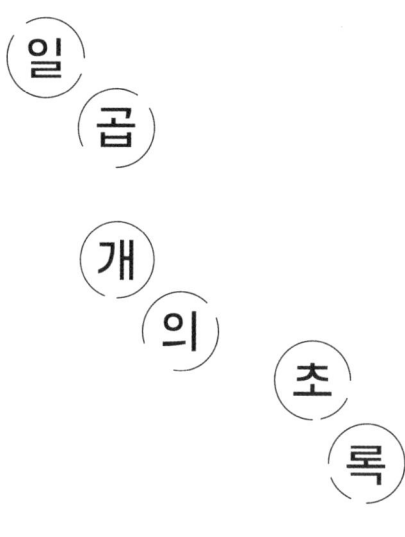

일곱 개의 초록

황보나 연작소설

문학동네

차례

| 가방처럼 | 과일맛 젤리 | 파란 원피스 | 진녹색 양말 |
| 7 | 35 | 61 | 87 |

거짓말의 진심
117

우박과 안부
143

꿈과 시간의 마법
165

가방처럼

엄마는 마치 오늘 저녁 메뉴에 대해 말하는 것처럼 내게 물었다.
"방학 동안만 외할머니 집에 가 있을래?"
나는 엄마의 얼굴을 좀 오래 바라봤다. 표정을 읽기가 어려워서 더 그랬다. 엄마는 언제나 이런 식이었다. 중요한 일을 대수롭지 않은 듯 다뤘고, 사소한 일은 대단한 것처럼 대했다. 그게 장점인지 단점인지 모르겠다. 다만 내가 확실하게 말할 수 있는 건 엄마의 그 어떤 부분도 닮고 싶지 않다는 거다.
"그렇게 빤히 처다보지 말고."
요즘 부쩍 엄마는 내 눈길을 못 견뎌 했다. 나는 시선을 식탁 모서리로 떨어뜨렸다. 내가 져 주는 거다. 엄마와 아빠의 불화가 처음 있는 일도 아니고, 내 잘못도 아닌데 왜 맨날 내가 눈을 피해야 하는지 모르겠지만.

"수현이랑은 최근에 언제 연락했어?"
엄마가 손끝으로 관자놀이를 짚으며 물었다.

수현이와 나는 어린이집을 같이 다녔다……고 한다. 사실 수현이도 그렇고, 나도 그렇고 어린이집 시절을 잘 기억하지 못했다. 거의 10년 가까이 지났으니 그럴 만도 하다. 우리의 그 시간은 어른들의 말로 대신 기억되곤 했다. 가족들까지 서로 다 아는 친구는 수현이네 집에서 내가 유일했고, 우리 집도 마찬가지였다. 기억의 빈칸은 남아 있는 사진들이 메꿔 주었다.

나는 당시 난생처음 하는 공동체생활에 적응하기 어려워했다고 한다. 그런 나를 수현이가 마치 인생 선배라도 되는 양 거두어 줬단다. 사실 수현이도 집단생활은 태어나서 처음이었을 텐데. 12월생인 수현이는 이른 봄에 태어난 나보다 체구가 훨씬 작았음에도, 여럿이 하는 놀이가 있으면 꼭 내 손을 붙들고 가서, '희연이도 같이 해. 안 그럼 나도 안 할 거야.' 하며 당찬 공세를 펼쳤다. 반면 덜렁대기로 유명한 수현이가 흘린 크레파스, 깜박한 가방, 빠뜨린 명찰 같은 것을 들고서 '수현아, 이거.' 하고 챙기는 아이는 늘 나였다고, 어른들은 말했다.

"……일주일 전인가."
수현이와 일주일 전에 연락을 했던가. 정확하지 않지만 대충

둘러댔다.

"그래. 별일 없는 거지?"

"응."

수현이가 이틀 전에 뉴스에 나왔다. 학교 교실에 불을 질렀다고 했다. 수현이의 얼굴도 수현이라는 이름도 모두 얼버무리듯 가려졌지만 이 동네에서는 수현이라는 걸 모르는 이가 없었다. 다행히 다친 사람은 없었지만, 다른 누구도 아닌 수현이의 손에서 불이 시작되었다는 건 충격 그 자체였다.

수현이와 나는 같은 어린이집을 졸업했으나 다른 초등학교에 들어갔고, 중학교도 달랐다. 학교가 달라졌으니 멀어질 만도 했지만 우리는 그러지 않았다. 매일 연락하거나 매번 붙어 다니지는 않아도 마주치면 반갑게 인사했고, 오랜만에 만나도 어제 만난 것처럼 하나도 어색하지 않았다.

"야, 최희연!"

"어이, 한수현!"

2주 정도 전에 우연히 만났던 것 같다. 주말 오후 버스 정류장 벤치에서였다.

"하, 나 오늘 처음 입 열고 말하는 거 있지?"

"혼자 있었어?"

"혼자는 무슨. 집에 엄마랑 아빠랑 다 있어. 둘이 또 난리 나서

지금 우리 집에서 말하는 사람이 한 명도 없다."

그즈음 냉랭하다 못해 금방이라도 와장창 깨질 것만 같던 집안 기류가 아직도 진저리가 날 만큼 생생했다.

"그럼 의사소통은 어떻게 해?"

"내 말이. 그래도 꼴에 가족이라고 분위기로 다 되긴 하더라. 밥 먹을 분위기면 밥 먹고, 잘 분위기면 각자 자고, 누가 화장실 쓸 분위기면 난 좀 있다가 씻으러 들어가는 식이고 그런 거지 뭐. 하, 답답해."

내가 한숨을 쉬자 수현이도 숨을 몰아쉬었다.

"후, 나도 갑갑하다."

"그러니까."

그리고 보니 그날 수현이는 자신도 갑갑하다고 말했다. 나는 수현이의 그 말을 내 상황에 본인도 공감한다는 동의로 이해했다. 간단한 맞장구가…… 아니었던 거 아닐까. 수현이도 답답한 무언가가 있어서 내게 털어놓고 싶었던 게 아닐까. 자기도 갑갑하다던 수현이에게 나는 별다른 말을 물어보지 않았었다.

"학원 가나?"

"응."

"그래, 잘 가라."

"응, 니도."

우리는 늘 그렇듯이 각자 바쁜 용무가 있는 사람들처럼 헤어졌고, 수현이와 긴 대화를 나누지는 않았지만 어떤 말을 털어놓았다는 것만으로도 꽉 막힌 속의 가장자리가 다소 녹진해진 기분이었다.

"내일 터미널까지 데려다줄게. 도착하면 외삼촌이 나와 있을 거야."

엄마가 말했다.

"내일 언제?"

"일어나자마자. 그러니까 지금 짐 싸."

"응."

엄마는 항상 답이 정해져 있었다. 내 의견을 물어볼 때조차, 사실은 엄마 마음속에 내가 해야 할 답이 정해져 있는 경우가 태반이었다. 엄마와 아빠는 서로에게 자주 으르렁거렸고 내가 초등학교 저학년 때에는 이혼 직전까지 갔던 적도 있다. 그때도 나는 친척 집에 잠시 머물렀는데…… 이번에는 그 문턱을 넘어가게 되는 걸까.

부부 심리 상담이라는 걸 받고 온 후부터 엄마와 아빠는 내 앞에서는 거의 싸우지 않았다. 하지만 내가 없는 곳에서 격하게 다투는 모양이었고, 굳이 표현하지 않아도 그 여파는 고스란히 전해졌다. 내가 똑똑하지 않은 건 맞지만, 그런 것까지 모를 정도로 바보는 아니었다. 다만 최선을 다해 모른 척할 뿐이지.

"할머니 요즘 돌봄 센터 다니셔. 아침 일찍 갔다가 점심 먹고 오후 늦게 오신다니까 너는 신경 쓸 거 없이 평소처럼 인강 듣고, 할머니 집 근처에 괜찮은 학원 있으면 등록해도 되고. 한 달 정도만. 알았지?"

"어."

나는 여행용 가방에 짐을 욱여넣으며 건성으로 대답했다.

다음 날 아침, 용기 내어 엄마에게 물어봤다.

"아빠랑 사이 안 좋아져서 내가 할머니 집으로 가는 거야?"

"그런 것만은 아니야."

엄마의 목소리가 평소보다 큰 걸 보니 그런 게 맞았다. 마음이 어둑해졌다.

"수현이 일도 아직 정리가 안 된 것 같고……."

요 며칠 수현이에 대해 묻는 전화가 오는 낌새였다. 방송국인지 신문사인지, 엄마는 그 연락이 내게 닿지 않도록 고군분투하고 있었다. 꼭 그러지 않아도 나는 어차피 할 말이 별로 없었다. 수현이에 대해 아는 게 없다는 생각이 들자 목덜미가 약간 홧홧해졌다.

"외삼촌 만나면 문자 하고."

"응."
"이틀에 한 번 전화할게. 매일 하는 건 너도 싫잖아."
"알겠어."
그렇게 엄마와 헤어졌다.
고속버스가 출발하자 아빠에게서도 전화가 왔다. 밥 잘 챙겨 먹고, 용돈 조로 체크카드에 돈을 넣어 놓았으며, 어쨌든 미안하다는, 그런 간질간질한 내용이었다. 이럴 때 보면 엄마보다 아빠가 한결 감성적이었다. 여하간 둘은 진짜로 성격이 안 맞았다. 하나부터 열까지 상극인 둘이서 20년을 같이 산 것만도 기적 같은 일이었다. 이제 와서 갈라선들 그리 놀랍지 않다. 나는 이런 식으로 불뚝거리는 내 마음을 다독였다.

"희연이 완전 많이 컸네!"
외삼촌이 나를 보며 두 팔을 흔들었다.
"안녕하세요."
"못 알아볼 뻔했어. 근데 눈이랑 코랑 입은 어릴 때랑 똑같다! 가방은 내가 들게. 이리 줘."
버스에서 내리 잤던 나는 외삼촌에게 트렁크를 건네드린 다음 헝클어진 머리를 다시 묶었다.
"엄마한테 이야기 들었겠지만 할머니는 집에 거의 안 계시니까 희연이가 그렇게 불편하지는 않을 거야. 내가 일주일에 두 번씩 청소하러 가니까 걱정하지 말고. 필요한 거 있으면 바로 말하고. 알겠지?"

내가 진짜 많이 컸다면, 외삼촌은 진짜 많이 늙어 보였다. 내가 태어나기 전에 돌아가신 외할아버지의 얼굴을 본 적은 없지만, 어디 가서 삼촌이 아니라 할아버지라고 해도 믿을 정도였다.

"여기야."

터미널에서 멀지 않은 연립주택 1층이었다. 그리 넓지도 않고 좁지도 않은 집이었다. 방이 두 개였는데 할머니가 안쪽 큰방을 쓰고, 나는 현관 바로 옆에 딸린 작은방을 사용하면 되었다.

"무슨 일 있으면 문자 남겨. 삼촌이 회사에서 전화는 잘 못 받거든."

"네."

"할머니 알아서 잘 생활하시니까 너무 걱정하지 말고. 저녁도 직접 차려 드시니까."

"네."

삼촌과의 대화가 왜 이렇게 어색한지 모르겠다.

"밑반찬은 내가 다 공수하고 있어. 희연이 혹시 좋아하는 반찬 있니?"

"아니에요. 괜찮아요."

"그래. 그래도 희연이가 와서 삼촌이 얼마나 안심이 되는지 모르겠어. 할머니 혼자 계시는 게 은근히 마음 쓰였거든. 아무리 가까이 살아도 말이야."

"……."

혼잣말 같은 삼촌의 중얼거림에 뭐라 대꾸해야 좋을지 몰라서 잠자코 있었다. 삼촌은 달음질을 하듯 할머니 집을 서둘러 빠져나갔다.

엄마와 외삼촌의 말처럼, 할머니는 이른 아침에 나갔다가 늦은 오후에 돌아왔다. 하얀색 승합차가 할머니를 태우러 왔고 승하차를 도와주는 어른도 따로 있었다. 그 모습은 마치 나의 어린 시절 같았다. 내 주변에 나만큼 학원을 많이 다니는 아이는 없었고, 나는 다양한 학원을 전전하다가 녹초가 되어 집으로 오곤 했다.

"손녀시구나."

승합차에서 내리는 할머니의 가방을 챙겨 주던 돌봄 센터 직원과 마주친 적이 있다. 모르는 척 지나칠 수 있었는데 할머니가 내 이름을 부르는 바람에 인사를 하게 되었다.

"안녕하세요."

"어머, 어르신이랑 똑 닮았네."

듣기 싫은 말이었다. 엄마랑 할머니가 닮았기 때문에 내가 엄마와도 닮았다는 말로 연결이 되어 더욱 그랬다. 할머니의 티셔츠에 길게 묻은 검붉은 양념을 보니 애꿎게 화가 치밀었다. 나는 할머니와 내가 닮지 않았다고 믿기로 했다. 할머니와 다른 걸음걸이로 걸으려 노력하며 할머니의 보폭에 맞추어 현관문까지 갔다.

"밥은?"

할머니가 내게 가장 많이 하는 말은 '희연아.' 하고 나를 부르는 것이 아니었다. '밥은?'이란 말이었다.

"먹었어."

같이 먹자는 얘기를 듣기 싫어서 늘 먹었다고 대답했다.

할머니에게는 배가 부르다는 말도 통하지 않았고, 입맛이 없다는 말도 먹히지 않았다. 때가 되면 반드시, 기필코, 무슨 일이 있더라도 먹어 줘야 하는 게 밥이었다. 먹었다고 하면 그나마 더 이상 강요는 하지 않았다. 아무리 배가 고파도 할머니랑 함께 밥을 먹기는 꺼려졌다. 할머니의 모든 것은, 뭐랄까 좀 더러웠으니까.

"밥은?"

왜 저렇게 집착하는 걸까, 싶을 정도로 할머니는 밥을 강조했다. 한 끼 건너뛴다고 해서 죽는 것도 아닌데. 내가 먹었다고 했는데도 잠깐 있다가 또 같은 말을 묻기 일쑤였다.

"먹었어."

싱크대 서랍에서 발견한 약봉지 뭉텅이에 '신경과, 오선이'라고 적힌 걸 보고 마침 전화를 건 엄마에게 묻자 치매라는 답이 돌아왔다. 그제야 밥에 대해 반복적으로 묻던 할머니의 대화 패턴에 납득이 갔다.

"할머니가 힘들게 하니?"

엄마가 물었다.

"아니. 그냥 똑같은 말을 할 때가 많으니까."

"그러면 대꾸하지 않아도 돼."

그럴 생각은 없었는데.

아무리 그래도 묻는 말에 대답하지 않는 건 좀 너무하다는 생각이 들었다.

"알아서 할게."

"돈 필요하면 말하고."

"응."

"인강 잘 듣고 있지?"

"응. 끊을게."

"잠깐만, 희연아!"

엄마가 다급하게 나를 붙잡았다.

"응?"

"저기, 수현이한테 연락하지 말고."
망설이듯 덧붙였다.
"연락받지도 말고."
"왜?"
"혹시 모르니까."
뭐가 혹시인 걸까.
"알겠어."
"그래."
엄마의 한숨과 함께 통화가 끝났다. 휴대폰을 대고 있던 귓바퀴에 불쾌감이 맴돌았다.

할머니 집에서 지내는 동안 수현이에 대해 여러 차례 생각했다. 양말을 신다가도, 치약을 짜다가도, 머리를 빗다가도, 수현이가 떠올랐다. 인터넷 속의 사람들은 수현이가 굉장히 별나고 또 두려워해 마땅할 아이인 것처럼 말을 얹었고, 사실과 다른 글자들을 읽다 보면 지독하게 피곤해지곤 했다.
나는 수현이가 무섭지 않았다. 짧게나마 이야기를 나누었던 시간들 속에서 수현이가 내게 보낸 어떤 시그널을 알아채 주지 못한 것 같아 마음이 무거울 따름이었다. 아주 어린 시절에 나를 돌봐 주었다는 수현이에게 나는 고작해야 소지품들을 챙겨 주었을 뿐, 수현이를 위해서 뭔가 제대로 한 게 없다는 사실에 울적함이 몰려왔다.

엄마의 말대로 나는 수현이에게 연락하지 않았다. 수현이에게서도 기별이 오지 않았다. 그렇지만 나는 조만간 내가 먼저 수현이에게 연락을 할 거라고 생각했다. 그건 일종의 다짐이었다.

아무래도 할머니는 집이 아닌 곳에서는 신경을 바짝 곤두세운 채로 지내다가 집에 오면 긴장을 와르르 푸는 것 같았다. 어떻게 아느냐면, 내가 바로 그랬기 때문이다. 딱딱하게 경직된 가면을 쓴 채로 학원 순례를 다닌 후, 집에 와서야 스르르 본래의 나로 돌아왔다. 거실 바닥에 온전히 두 발을 디디고 나서야 내내 용변을 참았다는 것이 생각나 바지를 내리거나 치마를 올리며 화장실로 뛰어 들어가곤 했다.

할머니도 비슷했다. 드문드문 하얗게 센 음부를 버젓이 보이며 화장실로 헐레벌떡 들어갔다. 불은 절대로 켜지 않고 문을 활짝 연 채로 소피를 보았다. 어두컴컴한 곳에서 들리는 힘없는 소변 줄기 소리는 내 마음을 불편하게 만들었다. 내가 화장실 전등 스위치를 올리면, 변기 물도 내리지 않고 나와서 스위치를 탁, 소리 나게 꺼 버렸다.

"금방 나오는데 웬 낭비냐."

할머니가 만진 스위치에는 물기가 찔끔 묻어 있었는데 할머니의 소변일 확률이 높았다. 그 후로 나는 손가락이 아닌 팔꿈치로 화장실 불을 켜고 껐다. 손가락이든 팔꿈치든 내 몸의 일부인 건 매한가지였지만.

외삼촌은 화요일이랑 금요일에만 왔다. 주로 하는 일은 쓰레기 버리기였고, 핸디 청소기로 할머니의 이부자리를 정돈하거나 기다란 솔로 변기를 문지르기도 했다.

할머니 집에 온 지 나흘 후부터 나는 편의점 식품과 배달 음식을 즐기기 시작했다. 처음에는 쓰레기를 들고 나가서 공중화장실이나 근처 공공도서관 쓰레기통에 버리곤 했는데 점점 귀찮아졌다. 현관 구석에 그것들을 봉지로 싸 놓으면 삼촌은 별소리 없이 버려 주었다. 왜 이렇게 배달을 많이 시키는지 따위의 지청구를 하지 않아서 편했다.

배달 음식을 많이 먹는 이유는 혼자 나가서 밥 먹기는 귀찮고 할머니랑 같이 먹기도 싫었기 때문이다. 할머니 집의 모든 수저는 늘 무언가가 말라붙어 있었다. 또 할머니는 반찬을 전부 색깔로만 구분했는데, 붉은 계통이면 무말랭이든, 깍두기든, 배추김치든, 진미채볶음이든 죄다 하나로 섞었다. 조금이라도 남은 반찬들은 모두 모아 놔야 직성이 풀리는 듯했다. 반찬 국물 한 방울도 아깝다는 듯 합쳐 버렸다. 냉장고를 열어 보면 죄다 옴 식물 쓰레기 같았지만, 나는 아무 말도 하지 않았다. 다만 할머니와 절대로 밥을 먹지 않겠다고 다시금 다짐할 뿐이었다.

밥솥을 들여다보면 질게 지어진 밥알들이 뭉텅이로 둥글게 뭉쳐 있었다. 대체 어떤 방식으로 밥을 안치고 푸면 저렇게 꼴 보기 싫은 모양이 되는지 상상조차 되지 않았다. 그래도 할머니는 매끼 식사 후 설거지를 하긴 했다. 제대로 하지 않아 얼룩과 양념이 군데군데 남아 있긴 하지만 깜빡한 적은 없었다.

그동안 외삼촌이 혼자 오는 줄 알았는데, 외숙모도 동행하고 있었다는 걸 알게 되었다. 다만 외숙모는 운전석에서 내리지 않고 휴대폰을 볼 따름이었다. 외삼촌과 외숙모도 우리 엄마와 아빠처럼 사이가 별로인 걸까. 아니지, 사이가 좋지 않으면 외삼촌이 설사 운전 공포증이 있다고 할지라도 매번 이렇게 태워다 주지는 않을 것이다. 그러면 외숙모와 할머니 사이만 좀 그런 걸까.

삼촌이 묵묵히 집 안을 치워 줄수록 나는 조금씩 함부로 집을 사용하기 시작했다. 청소 노동 강도가 높아졌을 텐데 삼촌은 별 말을 하지 않았다. 자신이 할머니를 제대로 돌보지 못하고 있다는 죄책감 때문이었을까. 그러거나 말거나였다. 내게 잔소리 불똥만 튀지 않으면 상관이 없었다. 그 대신 나도 할머니로 인한 애로 사항을 삼촌에게 호소하지 않았다. 이를테면 더운 계절인데도 보일러가 내내 가동되는 일이나 스니커즈에 대한 일.

 나는 할머니의 쪼글쪼글한 발이 들어갔던 욕실화에 내 발을 넣기가 싫었다. 게다가 할머니는 변기 중간 덮개에 오줌 방울이나 대변일 게 분명한 적갈색 오물을 묻혀 두기 일쑤였기에, 허벅지에 힘을 꽉 주고 엉덩이를 살짝 뗀 상태로 볼일을 보는 것도 지겨웠다. 그러다 묘안이 떠올랐다. 신발을 신은 채로 변기에 올라가 쪼그려 앉는 것이다. 내 스니커즈는 뒤축이 없어 슬리퍼처럼 신고 벗기도 편했고, 중심 잡기만 주의하면 훨씬 깨끗하게 용변을 볼 수 있었다. 오직 나만 깨끗하고 변기는 지저분해지기 십상이었지만 어차피 할머니도 추잡하게 쓰는 데다 불도 켜지 않는 화장실의 청결을 할머니가 알아챌 리 없었다. 더군다나 며칠만 버티면 외삼촌이 와서 청소해 줄 테니 더욱 거리끼지 않았다.

 문제는 할머니가 내 스니커즈를 애먼 곳에 갖다 두곤 한다는 것이었다. 무슨 보물찾기 놀이도 아니고 대중없이 거실 구석구석에 숨기는가 싶더니, 그저께부터는 식탁 아래에 일자로 엎어 두었다. 굵은 식탁 다리에 가려져 잘 보이지도 않았다. 하도 어이가 없어 짜증도 나지 않았다.

 방에서 인강을 듣거나 게임을 하다가 낮잠을 자고 나면 할머니가 돌봄 센터에서 돌아오는 시간이 되었다.

 "밥은?"

먹었다고 대답하고 밖으로 나가 동네를 어슬렁어슬렁 한 바퀴 걷다가 다시 들어오는 게 일과였다. 할머니의 쩝쩝거리는 소리가 듣기 싫어서 시작한 외출인데, 그즈음 바람 냄새가 좋아져서 비가 오지 않으면 날마다 밖으로 나갔다. 돌아올 무렵이면 할머니는 굽은 등을 더 구부린 채로 설거지를 하고 있었다. 그릇의 무게가 버거운 것처럼 거친 숨소리를 내며 수세미를 문질렀다.

나는 닫힌 방문 너머로 할머니가 그릇을 씻는 소리를 들으며 배달 어플을 열었고, 주문이 도착했다는 알림이 뜨면 살금살금 나가서 배달 봉투를 들고 온 다음 방 안에서 혼자 먹었다. 다 먹고 난 것은 그대로 봉지에 싸서 현관에 두었다. 할머니는 그게 뭔지 궁금해하지 않았고, 삼촌은 별다른 말 없이 치워 주었다. 평온하고 심심한 나날이 그렇게 흘러갔다.

아빠에게서 전화가 왔다.
"우리 희연이, 잘 지내고 있어?"
"응, 아빠는?"
아빠는 회사에서 있었던 일을 종알종알 떠들어 댔다. 중간중간 내 안부를 재차 확인하면서 즐겁게 이야기를 나누었다.
"엄마랑은 연락 자주 해?"
아빠는 보름 만에 처음 전화를 걸었지만, 엄마와는 일주일에서너 번꼴로 통화를 했다. 내게 엄마의 연락 빈도를 물어보다니. 아직도 둘이 말을 섞지 않는 모양이었다.

"응."

전화를 수시로 하는 엄마보다 아빠가 더 낫다. 곧잘 무뚝뚝한 엄마보다 가끔 상냥한 아빠가 더 포근하다.

"친구 없어서 심심하진 않고?"

"괜찮아."

친구라는 단어에 또 수현이가 떠올랐고 갑자기 수현이의 목소리가 몹시 그리웠다.

"잘 지내고 있어. 금방 데리러 갈게."

"금방 언제?"

"다음 주 정도? 아무튼 우리 희연이 보고 싶다."

"나도."

엄마랑 화해는 했느냐고 끝끝내 묻지 못했다. 무엇 때문에 싸웠는지는 별로 중요하지 않았다. 나의 바람은 오직 하나였다. 그냥 지금부터라도 둘이 사이좋게 지내면 좋겠다.

수현이의 통화 연결음은 그대로였다.

"여보세요?"

목소리도 똑같았다. 하긴 수현이는 수현이니 변할 리 없지.

"뭐 하냐?"

"전화하는데?"

"재밌냐?"

시답지 않은 말을 주고받았다.

"어디 갔어?"

"어떻게 알았어?"

"원래 이쯤이면 어디선가 마주쳐야 하는데 안 보이니까."

"외할머니 집."

"할머니랑 친해?"

"어? 아닌 듯?"

나는 할머니가 싫지는 않았지만 좋지도 않았다. 아무튼 친하지 않은 건 분명했다.

"그럼 왜?"

"집안 사정."

"할머니 집이 어딘데?"

나는 할머니 동네를 말하고는 무심코 덧붙였다.

"올래?"

"지금 가도 되냐?"

"자고 가는 건 안 되고."

"자고 갈 생각은 없었거든."

무료하던 참이었다. 아무 일도 없었던 듯한 수현이의 목소리를 들으니 모든 게 괜찮을 것 같기도 했다.

수현이에게 전화가 와서 터미널에 도착했다는 줄 알았는데 아니었다.
"나 그냥 안 갈래."
"왜?"
수현이는 만사가 귀찮아졌다고 했지만, 그게 진짜 이유는 아닌 듯했다.
"혹시 우리 엄마가 뭐라 그랬어?"
이따금씩 엄마는 나의 뒤에서 통제력을 펼치곤 했다. 내가 모르리라고 생각했겠지만 나는 다 알고 있었다. 엄마는 그게 나에 대한 사랑이라고 믿는 듯했으나 나는 엄마의 그런 점이 못 견디게 싫었다.
"어?"
수화기 너머 수현이가 당황했다. 하도 어릴 때부터 친구라 전화번호도 공유하고 있으니 엄마가 연락을 할 법도 하다. 행여나 나와 만나지 않도록 조심해 달라고 한 모양이었다. 타이밍도 참.
"어차피 나 다음 주면 다시 집으로 가니까 그때 만나자."
"그래."

원래 아침잠이 없는 할머니인데 오늘따라 안방에서 늦잠을 자고 있었다. 식탁 위에는 어제 저녁을 먹고 치우지 않은 그릇들이 그대로 놓여 있었다. 할머니의 승하차를 돕던 돌봄 센터 직원이 집까지 와서 문을 쾅쾅 두드렸다.
"할머니! 오선이 할머니!"
"네."
시끄러워서 현관문을 열었다.
"할머니는요?"
"잠시만요."
나는 누운 할머니를 살짝 흔들었다.
"할머니, 돌봄 센터 안 가?"
할머니는 어딘가 고단해 보였다.
"오늘은 쉴란다."
할머니의 말을 직원에게 전하자 삼촌도 알고 있느냐고 되물었다.
"삼촌한테는 제가 말할게요."
"그래요."
삼촌에게 문자를 보내 놓고, 근처 편의점에 다녀오기로 했다. 푸슬푸슬 비가 내리고 있었지만 여러모로 속이 꽉 막힌 듯해서

탄산음료 한 모금이 시급했다. 부엌 전등 아래에서 파리 한 마리가 춤을 췄지만 내버려두었다.

콜라를 마시며 집으로 들어오는데 아까 내가 흔들었던 자세 그대로 누워 있는 할머니의 뒷모습이 보였다.

"할머니, 어디 아파?"

할머니는 옅은 숨소리만 내며 대답을 하지 못했다. 미세하게 오르락내리락하는 어깨의 움직임이 마음에 걸려서 삼촌에게 또 문자를 남겼다. 저녁에 들르겠다는 답장이 왔다.

정오 무렵에 도착한 삼촌이 이마에 번들거리는 땀을 닦으며 할머니를 찾았다.

"어, 희연아. 할머니는?"

나는 할머니 방을 가리켰다. 삼촌이 할머니의 얼굴을 자세히 보더니 병원으로 가는 게 좋을 것 같다고 했다. 일을 하는데 자꾸만 펜이 떨어졌고, 아무래도 불길해서 뛰어왔다는 말도 덧붙였다. 병원에 가기 전에 할머니의 숨이 멎었다.

장례식장에서 내가 가장 많이 들은 말은 고맙다는 말이었다. 나로 인해 할머니의 임종을 지킬 수 있었다나 뭐라나. 외삼촌, 외숙모, 엄마, 아빠, 이름 모를 친척들까지 다들 같은 말을 연거푸 하며 내 등을 쓸어내렸다. 그게 그렇게 뜻깊은 건가. 어떠한 순간에 같이 있는 게 그렇게 중요하다면 평소에 밥을 같이 먹어 줬어야지. 나는 괜한 울분이 차올랐는데 누구를 향한 건지 헷갈렸다. 엄마와 아빠는 조문객이 올 때마다 나란히 서서 인사했다. 엄마는 많이 울면서 아빠에게 머리를 기대곤 했다. 나는 할머니의 사진을 보면서도 수현이 생각을 했다.

카페 창가 자리에 마주 앉은 수현이는 전과 조금 달라진 얼굴이었다. 눈꼬리가 좀 매서워졌달까, 공허해졌달까. 그런 느낌으로 슬쩍 바뀌었다.
"너는 나한테 왜 그랬냐고 왜 안 물어봐?"
사실은 진짜 궁금했다. 그렇지만 내가 아니어도 수현이의 행동에 대해 물어볼 사람은 엄청 많을 것 같았다. 나까지 보태고 싶지는 않았다.
"그냥."
"내가 너무 갖고 싶은 게 있었거든. 뭐라 그럴까, 그러니까 예를 들면 가방 같은 거 말이야. 근데 나로서는 도저히 가질 수가 없는 거야. 그래서 그거를 아예 없는 것처럼 취급하며 지내야겠다고 생각했어."
그거랑 불을 지르는 거랑 무슨 상관일까.
수현이는 먼 도시로 전학을 갈 예정이라고 했다.

"괜찮겠어?"

"괜찮겠지."

스무디를 마시며 대답하는 수현이의 얼굴이 지나치게 담담해서 괜스레 신경이 쓰였다.

"근데 가방이 뭔데? 명품 가방이라도 돼?"

"그런 거지."

"사람 같은 거야?"

"그럴지도."

"나인가."

웃자고 한 농담이었는데, 수현이의 입가는 움직이지 않았다.

"아니야. 너는 음…… 비싸지는 않지만 좋은 가방?"

"그게 뭐야. 좋은 게 비싼 거 아니야?"

"좀 달라."

"나 원 참."

우리는 유리창 너머 행인들의 움직임을 멍하니 바라보았다.

"암튼 나도 가방이라는 거지?"

내가 물었다. 수현이가 고개를 주억거렸다.

"그럼 한수현 너도 가방 해. 내가 진짜 가방이고 너도 진짜 가방이라면 너 나중에 힘들 때 가방 안에 숨어."

"가방?"

"응. 내가 숨겨 준다는 말이야."

"그래, 뭐."

"그 대신 내가 힘들면 나 좀 들어 줘."

"가방을 들듯이?"

"응. 내가 덜 힘들게 나를 잠시만 들어 줘."

"그래."

"진짜지?"

"그래, 뭐 진짜다!"

호쾌한 수현이의 대답이 마음에 들어 숨결마다 잔웃음이 묻어났다. 나는 수현이를 닮은 가방을 상상해 봤다. 질긴 가죽으로 만들어진 네모나고 튼튼한 가방이었다. 내부에 수납공간이 넉넉해 어디든 든든하게 들고 갈 수 있는 가방.

할머니 집에 노트북 충전기를 두고 왔다. 새로 사는 것보다 왕복 버스비가 더 저렴해서 하루 시간을 내어 다녀오기로 했다. 도어록 비밀번호가 바뀌었으면 삼촌에게 연락하려고 했는데 쉬이 열렸다. 집 안은 그날, 그러니까 할머니가 삼촌 곁에 누워 돌아가신 날 모습 그대로였다.

변기 중간 덮개에는 노랗게 마른 오줌 방울 흔적 위로 내 스니커즈 밑창 자국이 선명히 찍혀 있었다. 충전기를 챙겨 나오는데 식탁 위를 맴도는 파리가 몇 마리 늘어나 있었다. 말라비틀어진 반찬들 사이에는 밥공기가 둘이었다. 할머니가 늘 앉는 자리에 하나, 그리고 그 맞은편에 하나.

노상 밥통에 있던 둥근 모양 밥 뭉치가 내 몫의 밥그릇을 채웠다가 도로 넣은 것인 줄 미처 몰랐었다. 기분이 이상했다. 빈집에서 쓸데없이 돌아가고 있는 보일러를 끄고 거실을 지나는데 마룻바닥의 어느 부분은 더 따뜻하고 또 어느 부분은 덜 따뜻했다. 나는 할머니가 내 신발을 숨겨 두었던 곳을 더듬듯 찾아보았다. 그곳의 온기가 유난히 따스했다. 할머니는 내 발이 시리지 않도록 신발을 데워 주고 있었다.

사람들은 내가 할머니를 돌본 덕이라고, 고맙다고들 했지만 사실은 할머니가 내내 나를 돌보고 있었다는 걸 뒤늦게 알아 버렸다. 자꾸만 부아가 치밀었다.

휴대폰과 카드 지갑만 달랑 들고 온 나는, 노트북 충전기를 어디에 넣어 갈까 고민하다가 할머니의 가방 하나를 가져가기로 했다. 풀잎이 자수로 도톰하게 새겨진 할머니의 작은 가방에는 생각보다 많은 것이 들어갔다.

과일맛 젤리

내 이름은 한수현. 이름만 봐서는 남자인지 여자인지 헷갈리긴 한다. 가수 신수현은 남자고 또 다른 가수 이수현은 여자다. 초등학교 동급생이었던 백수현은 남자고, 예전에 다녔던 보습학원 장수현 원장님은 여자다. 내가 아는 수현이의 성별만 해도 오십 대 오십으로 성비가 팽팽하다.

"에? 여잔 줄 알았어."

라는 말도 이따금 듣는다. 그럴 때면 그저 속으로 어쩌라고, 뇌까리면서 흐흥, 하고 머쓱한 웃음을 지으면 된다.

이 모든 게 이름 탓인가. 말도 안 되는 논리라는 걸 알면서도, 나는 어디에서라도 이유를 찾고 싶은 마음인지 속절없이 심술이 나곤 했다.

맹세코 실수였다.

실수였지만, 내내 바라 왔던 일이기도 했다. 들고 다니던 스프

링 노트에 무심코 반복하며 써 댄 말. 다 태워 버리고 싶다, 다 태워 죽여 버리고 싶다, 나도 죽어 버리고 싶다, 다 없애고 싶다……. 누가 보라고 쓴 것들은 아니었지만, 정신을 차려 보니 그것들은 증거 비슷한 것이 되어 있었다. 그로 인해 내 학교생활은 완전히 끝장날 뻔했지만, 다친 사람이 아무도 없었기에 진짜 실수인 것처럼 받아들이기로 합의가 되었다.

그러나 많은 이들이 이미 나의 바람, 그러니까 모든 것을 태워 버리고 싶다는 나의 시커먼 욕망을 알게 되었고 나는 위험한 사람으로 취급받았다. 나를 옹호하는 입장과 그렇지 않은 쪽의 의견들이 분주하고 시끄럽게 오간 후 내가 학교를 옮기는 게 여러모로 낫다는 결론이 났다.

사달이 나려고 그랬는지 그날은 평소에 걷지 않던 골목으로 등교를 했다. 그저 이끌리듯 걸었던 것 같다.

새것처럼 보이는 담뱃갑이 길에 떨어져 있었고 나는 담배를 피우지도 않으면서 아무 생각 없이 주워 들었다. 그 안에는 담배가 없었다. 노래주점을 홍보하는 일회용 라이터만 들어 있을 뿐이었다. 한 무리의 행인들이 왁자하게 걸어오는 소리가 들렸다. 엉겁결에 빈 담뱃갑을 근처 폐지 더미 위로 던졌다. 형광색 라이터는 교복 바지 주머니에 쑤셔 넣은 채로.

물론 망설였다. 잠깐이지만 미적거렸다. 하오의 빈 교실에서 들고 있던 종이 뭉치에 라이터를 한 번 켜 봤고, 뭉치 귀퉁이에 불이 붙었다. 금방 꺼질 것 같던 불꽃이 서서히 그러나 분명하게 몸집을 부풀리기 시작했다. 잡고 있던 손끝에서 종이가 스르륵, 떨어졌다. 실수였다. 바닥에 떨어지고 나서도 종이에 붙은 불은 사그라지지 않았다.

망설이다가 아무것도 하지 않았다. 그렇게 의도적이지 않게 떨어진 불씨는 불길이 되었고 교실을 반나마 태웠다.

망설이다가 무언가를 했던 적이 있다. 그러니까, 나는 망설이다가 선욱이에게 내 마음을 고백했다. 운동장 구석에서 내 진심을 전했다. 실은 좋아한다고, 그냥 좋아하는 게 아니라 가방처럼 가지고 싶다고, 매 순간 목소리를 듣고 싶고, 손을 잡고 싶고, 둘이서만 어딘가로 떠나고 싶을 정도로 좋아한다고.

수없이 연습했던 말이지만 긴장과 떨림으로 뒤범벅된 채 전달되고 말았다. 선욱이의 안색이 흐려졌고 나는 납득했다. 좋아하는 마음이 없는 것처럼 지내겠다고 각오했고 그를 안심시켰다. 그러니까 나는 오래 망설이다가 결국 고백을 했고, 그래서 망쳤다. 그런 전적이 있었기에 이번에는 떨어진 불씨를 보면서도 머뭇거리기만 하다가 아무것도 하지 않은 것이다. 그래서 또 망쳤다.

이쯤 되면 내가 뭘 하든지 간에 나의 결말은 망치는 것으로

만 귀결되는 게 아닌가, 하는 뒤틀린 생각까지 든다.

희연이는 아무것도 묻지 않고, 서로를 가방으로 치자고 했다. 힘들 때에는 가방 안에 숨으라고 말했다. 희연이와 자주 연락을 주고받지는 않았지만 나는 희연이와 나눈 대화를 거의 매일 곱씹었다. 전학을 오고 계절이 바뀔 즈음 메시지를 보냈다.
―살아 있음?
마침 휴대폰을 쥐고 있었는지 1초 만에 답장이 왔다. 어쩐지 코끝이 찡해지는 속도였다.
―살아 있지.
나는 우스꽝스러운 이모티콘을 보냈고, 희연이도 비슷한 것을 보내오며 말풍선을 붙였다.
―사실 한수현 너 이제 나한테 연락 안 할 줄 알았어.
―왜?
―그냥 느낌이 그랬어.
―나도 연락 안 하려고 했어.
―왜?
―다 망칠 것 같았거든.
―망칠 게 뭐가 있냐?
뭐라 답장을 해야 하나 고심하고 있는데 희연이가 이어 보냈다.

─완성한 게 있긴 하냐. 완성된 게 있어야 망칠 수도 있는 거지.

─……뭐냐. 나는 망칠 자격도 없다는 거냐? 잔인하네. 근데 뭐 하고 있었냐?

희연이는 인강을 듣고 있다고 했다. 사실 희연이의 말이 맞았다. 내게 완성된 건 하나도 없었으니, 망칠 것 자체가 아예 없는 건지도 몰랐다. 어쩌면 망친다는 건 무언가를 완성시킨 자만 얻을 수 있는 어려운 특권일지도.

희연이에게 말을 할까 말까 많이 머무적거리다가 내 마음이 가는 대로 자판을 눌렀다.

─나 같은 반 애한테 몰래 고백했다가 공개적으로 차였어.

─몰래가 공개적으로로 바뀌었어? 어쩌다가 그런 비극이?

희연이가 덧붙인 황당한 표정의 이모티콘에 피식, 웃음이 새어 나왔다.

─질척이지 않게 나를 제대로 끊어 내고 싶었나 봐.

그 아이가 남자였다고 말을 할까. 이게 중요한 걸까. 내게는 별로 중요하지 않았다. 나는 선욱이가 선욱이라서 좋았던 거지, 남자라서 좋았던 게 아니니까. 그렇지만 내가 중요하지 않다고 생각한 것을 중요하게 생각하는 사람들은 너무 많았다. 사실 그래도 상관없었다. 선욱이만 상관없다면. 하지만 선욱이에게도 그건 중요한 부분이었던 모양이다. 선욱이는 내가 자신을 좋아하고 있고, 자신은 나를 싫어한다는 걸 아이들 앞에서 대놓고 밝혀 버렸다. 그때 그 이기죽거리던 표정은 내 안의 모든 것을 난도질하는 듯했다.

―배려가 없네.

희연이가 말했다.

―약간 그렇긴 해.

―아무튼 고생했네.

희연이의 쿨한 성격은 가끔 정말 신기할 지경이었고, 내게 그런 쿨한 친구가 있다는 건 든든한 일이었다.

―세상에 여자가 걔 하나뿐이겠냐. 더 괜찮고 배려심 깊은 애 있을 거야.

명치 부근이 찌릿해졌다. 쿨한 희연이에게 낱낱이 말하지 않은 게 다행이었다. 희연이가 이제 인강에 진짜 집중해야겠다고 그래서 대화는 끝이 났다. 떫은맛이 파문처럼 마음 안에 퍼졌지만, 언제나 그랬듯 그건 나 혼자 감당해야 할 몫이었다.

도시 세 개를 건너뛰면서까지 멀리 학교를 옮긴 보람이 있었는지 이곳 아이들은 대체로 내게 관심이 없었다. 딱 한 명 빼고.

노윤선. 젤리 중독이 아닌가 싶을 정도로 매번 젤리를 잘강거리는 도윤선은 하루도 빼먹지 않고 내게 말을 붙였다. 시답지 않은 질문만 던지는 걸 보아하니, 그냥 말을 거는 것이 용건인 대화였다.

솔직히 처음에는 나를 좋아하는 게 아닌가 하는 생각도 했다. 교실에서 자리도 끝과 끝으로 떨어져 있는데 굳이 걸음을 여러 번 옮겨 와서는 내가 들고 있는 펜의 필기감이 좋냐느니, 급식에 딸기 탕후루가 나오는 걸 알고 있냐느니, 생각해 둔 대학 전공이 무엇이냐느니 묻는 건 무척 수상했으니까. 그렇지만 도윤선이 한 학년 선배인 밴드부 드러머와 1년째 사귀고 있다는 걸 전교에서 모르는 이는 없었다.

도윤선은 이 학교에 오자마자 가장 눈길이 갔던 아이지만 이유 없이 자꾸 나와 말을 섞으려 드는 게 갈수록 거슬렸다. 눈길이 갔던 이유는 명료했다. 내 마음에 있는 사람과 이름이 두 글자나 같았으니까. 도윤선에서 성을 싹둑 잘라 내고, 뒤에 욱을 갖다 붙이면 그 이름이 되어 버렸으니까.

1교시가 끝났을 때 도윤선이 흘깃, 내 자리를 쳐다보았다. 가뿐하게 무시한 나는 책상에 엎드려 쪽잠을 청했다. 2교시가 끝나자마자 도윤선이 내 자리로 쿵작쿵작 걸어왔.

"그거 어디서 샀어?"

입에서 포도 단내가 나는 걸 보니 오늘은 포도맛 젤리를 먹은 듯했다.

"뭐?"

나도 모르게 지나치게 볼퉁한 말투가 튀어 나갔다. 급하게 도윤선의 눈치를 살폈지만 개의치 않는 것 같았다.

"네 필통에 붙은 스티커 말이야."

영국 드라마에 나오는 강아지가 프린팅된 스티커는 아무 데서나 살 수 있는 게 아니었다. 그 드라마 팬들끼리 공동구매로 자체 제작한 것이기 때문이다.

"만든 거야."

"네가?"

도윤선의 두 눈이 동그랗게 커졌다. 그에 맞춰 눈썹도 위로 쑥 올라갔다.

"아니. 그냥 아는 사람이 만든다기에 돈 주고 배송받은 거야."

귀엽지? 라고 묻고 싶었지만 아직은 경계를 풀고 싶지 않았다. 대체 무슨 이유로 내게 지근거리는지 진지하게 따질 참이었다.

"근데 도윤선 너 말이야."

"응?"

"그니까……."

막상 말을 하려니 입속이 빳빳하게 말라 왔다. 저들끼리 떠들기 바빠 보이는 반 애들의 귓바퀴가 사실은 죄다 나와 도윤선을 향해 쫑긋거리고 있는 것 같아 긴장마저 되었다.

"나 뭐?"

속으로 할 말을 궁굴리고 있는데 수업 시작 종이 울렸다. 하는 수 없이 다음 쉬는 시간에 다시 이야기하기로 했다.

다음 쉬는 시간에도, 점심시간에도, 그다음 쉬는 시간에도 도윤선과 대화할 겨를은 생기지 않았다. 평소와 다르게 도윤선이 이런저런 일로 바쁘게 움직이며 교실을 비웠기 때문이다.

"한수현!"

교문을 빠져나가는데 누군가가 나를 불러 세웠다.

"깜짝이야!"

운동화 앞코로 아스팔트 바닥을 콩콩, 찧으며 담벼락에 기대어 선 도윤선이었다.

"너 여기서 뭐 해?"

"너 기다리는데?"

"나? 왜?"

"아까 네가 나한테 뭔가 말하려다가 못 했잖아. 그거 들으려고."

"아, 그거?"

선배와 사귀고 있는 애에게 집적거린다는 소문이 날까 봐 나도 모르게 주위를 살폈다. 내 생각을 읽었는지, 도윤선이 밴드부 연습이 있는 날이라고 일러 주었다. 마음이 떠난 것 같아 곧 헤어질 느낌이라며 묻지도 않은 말까지 조잘댔다. 우린 자연스레 학교 앞을 벗어나 걷기 시작했다.

"사실 오늘 내내 바쁜 척했어."

도윤선은 아예 학교가 끝난 후 나와 이야기하려고 쉬는 시간마다 일부러 나를 피했단다.

"수업 종 울리면 또 대화 끊길까 봐."

그렇게 긴 대화를 하려던 건 아니었지만 도윤선의 말에도 일리가 없지는 않았다.

"그래서, 아까 하려던 말이 뭔데?"

"아, 그니까…… 너 나 알아?"

밑도 끝도 없는 말이 나오고 말았는데 도윤선의 눈이 부자연스럽게 계속 깜짝거렸다.

"너 나 아는구나!"

그러려던 건 아닌데 몰아치는 투가 되고 말았다.

"어…… 티 나?"

도윤선의 대꾸에 나는 기우뚱 고개를 꺾었다.

"꿍꿍이 궁리하지 말고 말해 봐. 어떻게 나를 알아? 왜 알아?"

"하, 나 또 눈 깜빡거렸지?"

도윤신이 이에 눈을 짙끈 감은 채로 한숨을 쉬며 물었다.

"응."

"우리 고모 버릇이거든. 왜 이딴 게 하필 나한테 유전이 됐나 몰라. 궁지에 몰리면 눈 깜빡거리는 거, 희한하지?"
"안 희한해. 말 돌리지 말고."
"말 돌리는 거 아니거든. 이제 말하려고 그랬어."
도윤선이 길가에 버려진 캔을 우지끈 밟아 쓰레기통 주변까지 발로 차 옮기고는 말했다.
"네가 있던 학교."
"어?"
심장이 빠르게 뛰기 시작했다.
"거기에 친오빠가 다녀. 아마 너랑 같은 반이었을걸."
"……."
머리카락이 쭈뼛 서는 것 같았다. 오금이 저려 왔다.
"어디서부터 설명을 해야 하나."
도윤선이 미간을 찌푸렸다. 왈칵 짜증이 나는 모양이었다. 교복 주머니에서 젤리를 꺼내 입에 넣고는 오물거리며 말을 이었다.
"그러니까 나는 이란성쌍둥이로 태어났거든. 나랑 하나부터 열까지 한 개도 안 닮은 애랑 한배에 계속 있다가, 걔가 먼저 세상으로 나왔대."
그 반에 도씨는 한 명뿐이었다. 내가 공개적으로 차인 이후 나를 향한 그 아이의 눈빛과 말들은 유독 뾰족하고 지저분했다. 내가 별다른 대응을 하지 않자, 점점 노골적으로 나를 뭉갰다. 학기 초에 나와 말을 자주 섞기도 했고 공놀이를 할 때면 합이 잘 맞는 편이었기에 더욱 참담했다. 그 아이는 내가 보이지 않는다는 듯 무시하며 지나갔고, 나와 몸이 닿기라도 하면 기겁을 하며 내게 저주를 퍼부었다. 나만 건드리는 건 그런대로 참을 만했지만 가족들까지 입에 올릴 때면 몹시 괴로웠다.

"나는 엄마랑 살고, 걔는 아빠랑 살아. 따로 산 지는 오래되었어. 지난 제사 때 할머니 집에서 마주쳤는데 물어보지도 않은 말을 성가시게 지껄여서 닥치라고 했다가 나만 된통 혼났지. 오빠한테 버르장머리가 없다면서. 아니, 나보다 정신연령은 훨씬 어린 데다가 고작 3분 20초 차이가 무슨 오빠냐. 진짜 어이없어."

그래서 나한테 접근한 걸까.

"여하튼 진짜 재수 없는 놈이라니까. 우리 할머니는 내가 걔를 오빠라고 안 부르면 아주 하늘이 무너져서 세상에 종말이 오는 줄 알아요. 내가 이래서 아빠 쪽 친척 집은 안 가고 싶은데, 엄마는 그래도 할머니가 부르면 명절에는 가는 게 도리래. 부부는 이혼이 가능한데 왜 자식과 부모는 이별이 불가능한지 모르겠어. 후, 정말 짜증 난다니까. 하긴, 가면 용돈을 두둑하게 주시긴 해. 그래서 나 휴대폰 바꿨다?"

도윤선이 최신형 휴대폰을 꺼내 보이며 덧붙였다.

"하여간에 어쩌다 보니 빈대떡을 먹다가 너에 대해 듣게 되었어. 설마 같은 반까지 될 줄은 몰랐지만 말야."

그 자식이 학교 안팎으로 내 이야기를 신나게 하고 다니는 건 익히 알고 있었지만, 자신의 할머니 집까지 가서 그랬을 줄은 몰랐다.

"걔랑 나랑 극과 극인데, 걔가 너를 안 좋게 이야기하니까 나랑 너는 잘 맞을지도 모른다는 기대가 있기도 했고."

이야기가 엉뚱하게 흘러갔다.

"진짜 이유는 따로 있어."

"뭔데?"

"이거 말야."

도윤선이 내 뒤쪽의 무언가를 가리켰다.

"그게 뭔데?"

"네 가방에 달린 이 청록색 핀버튼 말야."

내가 좋아하는 드라마의 주연배우들 얼굴이 프린팅된 원형 핀버튼을 백팩 앞주머니에 달아 두었었다.

"사실 드라마 감독이 내 꿈이거든. 요새는 극본도 좀 써 보고 있고. 하여튼 그거 내가 완전 좋아하는 감독 작품이야. 그 사람 작품들 진짜 다 재밌거든."

감독에 대해서는 자세히 알지 못했다. 그저 메인 캐릭터가 너무 귀여워서 좋아하던 드라마였다. 필통에 붙여 둔 스티커도 그 캐릭터가 기르는 보더 콜리였다. 한국에서는 별로 인기를 끌지 못했던 시리즈였기에 도윤선의 취향이 나와 흡사하다는 게 반가웠다.

"시즌 원의 라스트신은 정말 아름답지 않아?"

마지막 장면은 사랑을 확인한 주인공들의 키스로 끝이 났다.

"거기가 도버 비치래."

좋아하는 화제를 입에 올린 도윤선의 말이 점점 빨라졌다.

"돈 열심히 모아 놔. 우리 스무 살 되면 영국 여행 가서 만나자."

도윤선은 뭐라 끼어들 새도 없이 말을 이어 나가면서도 틈틈이 젤리를 입안에 집어넣었다.

"전체 일정을 동행하다가는 싸울 수도 있으니까 아예 도버 비치에서 만나 밥이나 한 끼 먹자고. 영국 가면 다들 피시 앤 칩스 먹는다더라. 너 혹시 생선 싫어하는 거 아니지?"

도윤선의 말을 듣고 있노라니 도버 비치의 한적한 풍광이 눈앞에 펼쳐지는 듯했다. 생선을 그리 좋아하지는 않지만 튀김 종류는 좋아했다. 스무 살이면 맥주도 마실 수 있지 않을까. 영국 맥주는 어떤 맛일까. 여대급으로 수다스러운 도윤선이 옆에 있으면 지루하지는 않겠지.

"나는 홍콩에 스톱오버하는 비행기 탈 거야. 거기서 딤섬도 먹고 오게. 아무튼 우리 영국에서 만나면 진짜 재밌을 것 같지 않아?"

기대감에 잔뜩 부풀어 있는 도윤선의 말에 나는 못 이기는 척 호응을 해 주었다.

"뭐, 재밌기는 하겠네."

입 끝이 자꾸 실룩거리고, 걸음이 가벼워지는 듯해서 심호흡하며 숨을 골랐다.

"아마 그때쯤이면 내 미래의 남친이 자기도 껴 달라고 조르겠지만, 그건 그때 가서 생각해 보자."

"미래의 남친? 그 근거 없는 확신은 뭐냐?"

내가 장난을 걸자, 도윤선이 해사하게 웃었다.

"나 진짜 다정하고 괜찮은 사람 만나서 일찍 정착할 거거든. 그러기 위해서 내가 얼마나 노력하는 줄 알아?"

도윤선이 주먹을 불끈 쥐며 말을 이었다.

"내가 진짜 다정하고 괜찮은 사람이 먼저 되어야 나도 그런 사람을 만날 수 있을 거 아냐? 그래서 나 진짜 다정하고 괜찮은 사람이 될 수 있게 무진장 노력하고 있다고."

무진장 노력하지 않아도, 이미 다정하고 괜찮은 사람인 것 같다고 말하고 싶었지만 너무 아는 척하는 것 같아 미뤄 두었다.

도윤선의 집은 우리 집에서 큰길 하나 건너였다. 도윤선을 먼저 들여보내고 백 미터 정도만 더 걸으면 우리 집이 나왔다. 그렇다 보니 하굣길을 자주 함께 걸었고 도윤선에 대해 많은 것을 알게 되었다.

"그럼 너는 엄마랑 둘이 살아?"

"응. 근데 요즘은 저녁까지 거의 셋일 때가 많아."

도윤선이 손가락 세 개를 펼쳐 보이며 말했다.

"둘이면 둘이고 셋이면 셋이지, 거의 셋은 뭐야?"

"엄마 친구라는 아저씨가 거의 매일 오거든."

"남사친? 사귀는 건 아니고? 근데 왜 매일 와?"

"나도 몰라."

도윤선이 두 어깨를 들썩했다.

"너는 그 사람 어떤데?"

"그 사람? 우리 엄마 남사친?"

"응."

"싫지는 않고, 좋은지는 아직 모르겠어. 착한 것 같긴 한데, 제대로 겪어 본 적이 없으니."

도윤선이 또 어깨를 달싹였다.

"카페에서 일하는 것 같더라고. 집에 오면 커피 냄새 난다? 신기하지?"

"신기하네."

"올 때마다 우리 엄마 준다고 피낭시에나 카늘레 가져와. 우리 엄마가 다른 빵은 안 좋아하는데 구움과자는 좋아하거든."

참새가 방앗간에 가는 것처럼 도윤선은 나날이 편의점에 들러 젤리를 샀다.

"이럴 바엔 그냥 박스로 사는 게 낫지 않냐?"

"그러면 너무 많이 먹게 되잖아."

이미 너무 많이 먹고 있다고 말하려다가 말았다.

"이것도 사야겠다."

도윤선이 멈춘 곳은 고양이 간식 선반 앞이었다. 참치와 연어, 닭고기 통조림이 투 플러스 원 행사 중이었다.

"고양이 키워?"

"아니. 엄마가 싫어해서 우리 집은 못 키워."

통조림 세 개와 젤리를 한꺼번에 계산대에 올린 도윤선의 목소리가 갑자기 높아졌다.

"어? 이거 새로 나왔어요?"

"맞아요. 오늘 입고된 신상 젤리예요."

읽고 있던 책을 옆에 내려놓은 점원이 설명해 주었나. 베어 물면 안에서 과즙이 터지는 젤리라고 그랬다. 샤인머스캣맛 반응이 가장 좋단다.

"오, 그럼 이것도 같이 살게요."

역시나 도윤선은 새로운 과일맛 젤리를 그냥 지나치지 못했다. 편의점을 나서며 도윤선이 계산을 끝낸 통조림 세 개 중 하나를 내게 내밀었다.

"일단 갖고 다녀 봐."

그때부터 내 가방 안에는 참치 통조림 하나가 자리를 잡았다.

도윤선이 예견한 대로, 도윤선과 밴드부 드러머의 관계는 깨졌다. 도윤선은 조금도 슬퍼하지 않았다. 전에 한 번 말다툼을 하다가 몸싸움까지 갈 뻔했다며 오히려 안도하는 눈치였다.

"말이 몸싸움이지. 생명의 위협까지 느꼈어. 격투기 했던 사람이라 진짜 힘이 세거든."

드러머의 몸은 교복을 걸쳐도 각이 살아 있어 오라가 다르긴 했다.

"무서웠겠네."

"응. 멱살까지 잡히고 나니까 정신이 혼미해지더라고. 근데 그거 알아? 극도로 무서우니까 사람이 오히려 차분해지더라. 어떻게든지 내 앞에 있는 사람을 진정시킨 다음에 안전하게 멀어져야겠다는 전략이 막 머릿속에서 자동으로 짜지는 거 있지?"

해가 있는 늦은 오후였고, 교내이긴 했지만 그런 상황들도 안심을 시켜 주진 못했단다. 먹살이라는 말에 도윤선의 목 언저리를 쳐다봤다.

"괜찮아?"

"지금은 괜찮지. 나도 눈에 뵈는 게 없을 때가 있긴 하지만, 여자는 웬만해서는 남자를 힘으로 못 이겨. 내가 우리 엄마가 아빠한테 맞는 거 자주 봐서 잘 알거든."

이미 부모님이 이혼을 했음에도, 도윤선은 자신이 그들과 비슷한 삶을 살게 될까 봐 겁을 잔뜩 집어먹은 상태였다. 나 또한 무엇인가에 늘 겁이 나 있어서 그런지 도윤선의 그런 모습은 마치 나를 보는 것 같기도 했다.

"먹을래?"

도윤선이 젤리 봉지를 새로 꺼내며 내게 권했다. 매번 거절을 하는데도, 새 봉지를 뜯을 때마다 먹을 거냐고 물어봤다.

"안 먹어. 근데 너는 젤리를 왜 그렇게 많이 먹어?"

"쫄깃쫄깃하잖아."

당연한 걸 묻느냐는 투로 도윤선이 대답했다.

"잠깐만."

나는 백팩을 가슴팍으로 끌어당겨 앞주머니에 넣어 두었던 젤리를 꺼냈다. 새로 출시된 감자칩의 맛이 궁금해서 마트에 들렀다가 그 옆에 놓인 젤리도 같이 샀다.

"뭐야?"

"선물."

좋아할 줄 알았는데 받아 든 도윤선의 반응이 미지근했다.

"땡큐. 근데 난 과일맛 아니면 안 먹어."

하필 내가 집은 건 콜라맛이었다.

"그럼 과일을 먹지."

무안함을 지우려고 객쩍이 구시렁거렸다.

"에이, 과일은 쫄깃쫄깃하지가 않잖아."

"까다롭긴."

"까다로운 거냐? 또랑또랑한 거지."

과일맛 아니면 안 먹는다면서도 도윤선은 콜라맛 젤리를 뜯었다. 두 개를 한꺼번에 입속으로 넣고는 신나게 우물거렸다.

"그게 뭐가 또랑또랑한 건데?"

또랑또랑하다는 어감이 좀 귀여워서 웃음이 나왔다. 도윤선도 그런 것 같았다. 도윤선이 엄지와 중지를 부딪치며 딱, 소리를 내더니 입을 열었다.

"내가 뭘 좋아하는 건지 딱 아는 거, 그거 생각보다 어려운 일이거든."

"그러냐."

말은 그렇게 했지만 도윤선이 좀 근사해 보이기도 했다.

"오예, 오늘은 세 마리다!"

햇살이 유난히 노랗게 비치던 하굣길에 도윤선이 환호하듯 말했다. 상가 출입구 가장자리의 난간에는 고양이 세 마리가 졸음에 겨운 얼굴로 우리를 바라보고 있었다. 도윤선이 들뜬 목소리로 물었다.

"한수현. 너, 고양이들이 왜 맨날 여기 모여 있는 줄 알아?"

"글쎄, 아지트인가?"

그러고 보니 지나칠 때마다 늘 같은 자리에 고양이들이 있었다. 어제는 두 마리, 그저께는 네 마리였다. 많게는 여섯 마리까지 모인 때도 있었다.

"햇볕이 이 자리에 제일 오래 머물거든."

한가로운 고양이들이 노란 셀로판지를 오려 낸 것 같은 채광을 마음껏 즐기고 있었다. 우리를 관찰하던 고양이 하나가 냐아옹, 하고 깜찍한 소리를 냈다.

"따뜻해서 그래."

도윤선이 고양이들이 차지한 자리를 보며 말했다.

"진짜 따뜻하네."

나는 다른 생각을 하며 맞장단을 쳤다.

끝내 말하지 못했지만, 아마 영원히 누군가에게 먼저 털어놓을 일은 결코 없을 테지만, 그래도 아예 모를 리는 없는 누군가가 나를 추궁하지도 않고, 또 나를 밀어내지도 않는 그런 관계라면 너무 따뜻하잖아.
"가방에 통조림 있지?"
"응."
"깜깜이가 있으면 가까이 주기 힘든데, 오늘은 깜깜이가 없으니까."
"깜깜이?"
"새까만 고양이가 하나 있는데 나 혼자 그렇게 불러."
깜깜이는 사람을 엄청 경계해서 누가 쳐다보는 것도 싫어한다고 그랬다.
"깜깜이한테 무슨 안 좋은 일이 있었던 걸까?"
"그러게. 좀 나쁜 일이었겠지?"
"그래도 엄청 나쁜 일은 아니었던 거면 좋겠다."
"그치, 나도."
지난주에 도윤선에게 받은 참치 통조림을 가방에서 꺼냈다. 도윤선도 통조림 두 개를 꺼내 약간의 간격을 두고 고양이들 앞에 하나씩 놓아 주었다. 고양이들이 헛바닥을 달갑게 날름거리며 먹을 태세를 취했다.

"만져 봐도 되나?"

발등의 색만 다른 고양이의 앉은 발 모양이 무척 만져 보고 싶게 생겼다.

"너 알레르기 있어?"

"몰라."

"잠깐만. 나 손소독제 있을걸."

도윤선이 가방을 한참 뒤지더니 연두색 뚜껑의 휴대용 소독 젤을 꺼내 주었다.

"별걸 다 갖고 다니네."

"혹시 모르니까. 잠깐만 만져 보고 바로 손 닦으면 괜찮을 거야."

살포시 만져 본 고양이의 감촉은 생각보다 더 폭신하고 따뜻했다. 갑자기 콧물이 차오르는 것 같아 코를 훌쩍였다.

"크흥."

그 소리에 고양이들이 일제히 눈을 큼지막하게 뜨며 고개를 들었다. 도윤선이 나를 보며 눈을 흘겼다.

"알레르기 있나 보네."

"어, 그런가?"

"눈은 안 간지러워?"

"잘 모르겠어. 간지러운 것 같기도 하고 아닌 것 같기도 하고."

나는 서둘러 소독젤을 짜내 양손을 닦았다. 살짝 눈물이 날 것만 같은 기분이 고양이 알레르기 때문인지, 스며들듯 체감해 버린 온기 때문인 건지 기분 좋게 헷갈렸다. 햇살보다 더 따뜻한 헷갈림이었다.

파란 원피스

아빠에게 여자친구가 생겼다. 머리로는 그럴 수 있다고 생각하지만 가슴 뒷면에 불쾌감이 스멀거리는 걸 모른 척하기는 어렵다. 엄마가 깊고 깊은 우울의 수렁에 빠졌을지언정 사라진 것도 아닌데, 엄마를 두고 여자친구를 만든 상황은 명백한 바람이라고 생각한다. 아니, 생각하고 자시고 할 것도 없다. 이건 바람이다.

아빠가 운영하는 카페에 들어서자 파트타이머 희진 언니가 인사하는 소리가 들렸다. 아빠는 보이지 않는다. 다행히 내가 좋아하는 자리가 비어 있어서 재빨리 가방을 테이블 위에 올려 두었다. 나와 눈이 마주친 희진 언니가 손을 흔들며, 아빠는 안에서 발주 점검을 하고 있다고 말했다.

"불러 줄까?"

아빠에게 볼일은 딱히 없어서 괜찮다고 대답했다.

"밀크티 한 잔 주세요. 아이스로요."

내 카드로 결제를 했다. 아무리 아빠의 카페여도 공짜로 먹는 건 안 된다고 했다. 나도 뭐 그럴 생각은 없었다.

"밀크티 나왔습니다."

카랑한 희진 언니의 목소리에 음료를 받아 왔다. 아빠의 연애 상대가 희진 언니였다면 어땠을까. 나와 같은 나이의 아이를 둔 여자보다 희진 언니가 더 나을 것 같다고, 사실은 아빠의 여자친구를 실제로 본 적도 없으면서 막연하게 생각했다.

나는 지갑을 가방에 집어넣고 숙제를 꺼냈다. 학교와 집과 카페는 삼각형 구도로 자리를 잡았는데 카페가 그 중간 정도 지점이었다. 가끔씩 카페에 들러 30분에서 한 시간 정도 숙제를 하다가 집에 가곤 한다. 아빠네 카페라서 하는 말이 아니라 여기 밀크티는 이 동네에서 제일 맛있고, 배경음악으로 흐르는 재즈도 완전 내 스타일이다. 케이크 쇼케이스 뒤쪽에 자리를 잡으면 계산대에서는 내 자리가 잘 보이지 않아 어느 정도 자유롭기도 했다. 실제로 아빠는 내가 왔다 간 줄도 모를 때가 종종 있었다.

"주문하시겠어요?"

발주 점검이 끝났는지 손님을 맞는 아빠의 목소리가 들렸다. 아빠가 일하는 걸 보면, 강강약약으로 사람들을 대한다는 걸 알 수 있다. 무례한 손님에게는 아빠의 목청이 차가워지고, 상냥한 손님에게는 친절 모드가 장착된다. 나는 커피 머신이 돌아가는 소리와 믹서가 작동하는 소음, 진동벨의 알람, 그리고 아빠의 목소리를 들으며 숙제를 끝냈다. 가방을 다시 싸는데 플로어 사이를 돌아다니며 테이블을 닦던 아빠가 내 쪽으로 와서 나직하게 말했다.

"집에 볶음밥 해 놨어."

냉장고에 내가 좋아하는 볶음밥이 있다는 건, 오늘도 아빠는 여자친구와 저녁을 먹고 들어온다는 의미이다.

"무슨 볶음밥?"

"새우볶음밥. 양파 많이 넣어서."

양파가 담뿍 들어가는 새우볶음밥은 아빠표 볶음밥 중에서도 내가 제일 좋아하는 메뉴다. 새우볶음밥이라고 말하는 아빠의 얼굴이 환했다. 다행이다, 라고 생각하려 노력했다. 아빠까지 넝마로 전락하게 만들 수는 없으니까. 엄마가 어둠 속에 오래 머물면서 아빠도 비슷한 처지가 될 뻔했는데, 새로운 연인이 생긴 이후 극적으로 밝음을 되찾았다. 얼굴이 어두운 것보다는 환한 게 백배 아니 천배 낫지. 아무렴, 아무렴. 나는 침울한 걸음을 옮기며 카페를 나섰다.

백 점이 만점이라면 우리 아빠는 천 점 아니 억 점도 모자랄 만큼 완벽한 사람이다. 엄마의 빈자리가 전혀 느껴지지 않을 만큼 내게 살뜰하다. 나에게도 이렇게 완연한데 여자친구에게는 얼마나 잘해 줄까.

우리 가족도 화목한 때가 있었다. 아빠의 또 다른 부캐는 블로거라고 할 수 있는데, 정성을 다해 쓰는 식당 리뷰 덕분에 협찬받은 외식 횟수도 꽤 된다. 엄마가 외출을 꺼리기 시작한 후로는 아빠와 나 이렇게 둘이서만 돌아다니곤 했지만, 블로그 속의 우리는 여전히 셋이서 함께 웃고 있다.

"정말 이거 공짜야?"

처음으로 협찬받은 장어덮밥을 먹으며 물었던 때가 생각난다. 먹는 순서가 적힌 안내문이 따로 비치된 고급스러운 분위기의 식당이었다.

"공짜는 아니고 리뷰의 대가인 거니까 물물교환 같은 거지."

"되게 좋다."

"그렇게 좋아?"

엄마가 장난스럽게 이맛살을 찡그리며 물었다.

"응."

나는 이렇게 좋은 건 우리끼리만 즐기자고 아빠에게 말했다.

"당연하지. 아빠는 다은이랑 엄마밖에 없는걸."

그 말은 아직 유효한 거겠지. 그렇지만 요즘 아빠는 외식 제안을 잘 하지 않는다. 협찬이 안 들어오는 걸까, 아니면 나와의 약속을 까맣게 잊고서 여자친구랑 먹으러 다니는 걸까.

우리 가족 말고 다른 사람이랑 먹으러 다니기만 해 봐. 가만 안 둬. 어떻게 가만두지 않을 건진 모르겠지만 아무튼 가만 둘 거야. 나는 아빠에게 여자친구와 헤어지라는 말을 하고 싶은 걸까.

아빠의 카페에 들르지 않을 때면, 그 아이를 미행했다. 옆 학교이긴 하지만 그 아이가 집으로 가는 길은 우리 학교 후문에서 금방이었다. 종례가 짧게 끝나면 어렵지 않게 따라잡을 수 있었다.
"나 오늘 먼저 갈게. 어디 가 볼 데가 있어서."
"또?"
하굣길을 함께하는 진솔이가 가느다란 눈초리로 나를 봤다.
"송다은, 너 남자친구라도 생겼어?"
"뭐래. 아니거든?"
어깨 한쪽에 가방을 들쳐 멘 채 계단을 빠르게 내려가며 대꾸했다.
"카페 가서 물어본다?"
머리꼭지 위에서 들리는 진솔이의 말에 큰 소리로 대답했다.
"내일 핫도그 먹자. 내가 살게."
"오케이!"
핫도그로 진솔이를 달랜 다음 후문까지 뛰어갔다. 진솔이는 우리 아빠를 유독 부러워했다. 내가 아빠와 모든 것을 터놓고 공유한다고 믿고 있기도 했다. 뭐 얼마 전까지는 사실이었다. 그러니까 아빠에게 여자친구가 생기기 전까지는.

다행히 그 아이를 따라잡을 수 있었다. 그 아이는 편의점에 자주 가고 요즘은 어떤 남자애와 함께 있을 때가 많았다. 시간차를 두고 나도 편의점에 들렀다.

"어서 오세요."

브릿지 염색을 한 편의점 직원이 늘 같은 톤으로 인사를 건넸다. 자주 오는 편인데도 아는 척을 하지 않아 마음이 편했다. 빈손으로 나온다고 해서 뭐라 할 것 같지는 않고 딱히 먹고 싶은 게 있는 것도 아니지만, 오늘도 막대사탕을 샀다. 좋아하지도 않는 사탕인 이유는 만만한 가격 때문이었다. 그렇게 내 책상 서랍에는 알록달록한 사탕의 개수가 늘어나고 있다. 사탕의 하얀 막대들이 마구잡이로 뒤섞인 모습은 서로를 찌를 것처럼 보이기도 했다.

그 아이의 뒷모습을 훔쳐보며 걷다 보면 괜한 심술이 피어오르곤 했다. 그 심술의 모양은 희한해서, 에라 모르겠다, 라는 심정으로 함부로 살아 버리고 싶은 기분이 들게 했다. 살아가는 데 선이라는 것이 그어져 있고 그것을 지키는 게 안온한 삶이라면, 그 선을 훌쩍 넘어가 버리고 싶은 비뚤한 마음이 도사렸다. 어떤 선을 어떻게 넘을 수 있을까. 한편으론 겁이 났고 두려웠지만 또 다른 한편으로는 근본 없는 객기가 흥분과 함께 너울댔다.

알람보다 일찍 눈이 떠진 아침이었다. 거실로 나가 보니 아빠가 주방에서 가스레인지를 청소하고 있었다. 약간 지쳐 보였지만, 나를 발견하자마자 표정을 밝게 바꾸었다.
"시끄러워서 깼어?"
"아니. 그냥 저절로 일어났어."
"잠탱이가 웬일이래."
아빠의 손을 거친 레인지가 반들반들 빛나고 있었다. 엄마는 말할 것도 없고, 나 역시도 공부를 핑계로 청소도 정리정돈도 거의 하지 않는다. 그럼에도 우리 집이 이렇게 깨끗하고 단정한 것은 온전히 아빠의 노력 덕분이다. 나보다 늦게 자고, 일찍 일어나는 아빠는 짬짬이 집 안을 쓸고 닦았다. 손이 빠르고 바지런했다. 그러니까 이 와중에 카페도 하고 연애도 하는 거겠지.
"뭐 필요한 거 있어?"
"아, 아니."
나는 팔을 휘저었다. 엄마는 소파에 무연히 앉아서 우유에 담긴 시리얼을 휘젓고 있다. 퉁퉁 불은 플레이크를 보니 30분은 족히 넘은 모양이다. 적신호를 알아챘던 초기에는 엄마에게 산책도 독려하고, 두 팔을 붙들고 연행하듯 샤워도 시키고, 경치가 좋은 데로 납치하듯 데려가고, 정말 별의별 짓을 다 했다. 모두 다 소용없었다.

엄마의 우울이 어떻게 시작되었는지 모르겠다. 우울은 의지의 문제라기보다는 질병이라고 그랬다. 웃기는 말이다. 극복에는 의지가 제일 중요한 반면, 앓게 되는 것은 의지와 상관이 없다니. 어쨌든 원인은 신경전달물질의 이상이라고 들었다. 벌써 3년이 넘었다. 그 시간 동안 아빠는 애면글면 성실하게 하루하루를 쌓아 나갔다. 간간이 기진한 기색이 엿보일 때도 있긴 했지만 이내 이겨 냈다. 아니 이겨 내는 것 같았다. 어쨌건 엄마의 우울에도 불구하고 내가 주눅 들지 않고 어디에서나 보통 이상으로 자리매김할 수 있는 것은 죄다 아빠의 돌봄 덕이다.

"용돈 부족해?"

"아, 아니."

"요즘 우리 딸 예뻐진 것 같은데, 필요한 거나 사고 싶은 거 있으면 편히 말해."

아빠가 뭔가를 알고 있다는 듯 애정이 가득한 눈을 빗떴다. 진솔이가 그사이 카페로 달려가 내게 남자친구가 생겼냐고 물어본 눈치이다. 정말이지 진솔이는 다 좋은데 입이 좀 가벼운 게 탈이다. 그러고 보니 진솔이야말로 요즘 부쩍 수상하다. 나랑 둘이 있을 때에도 자주 딴생각을 하는 듯했다.

"아빠 필요한 거나 사."

"그럴까 그럼? 마침 향수 다 떨어져 가는데, 그거나 사야겠다."

얼마 전부터 아빠의 향수 냄새가 진해지긴 했다. 이유를 알고 있지만 티 내지 않았다. 아빠의 연애에 대해서 나는 할 말이 많으면서도 할 말이 없었다.

순전히 촉으로만 속을 앓고 있는 건 아니다. 이미 한 달도 더 된 일이다. 께느른했던 주말 오전에 나는 아빠의 목소리를 듣고 말았다. 휴대폰 너머의 상대에게 한 번 하자고 조르는 애원을 똑똑히 들었다. 상대가 긍정적인 응답을 주었던가, 고맙다며 불렀던 그 이름은 분명 여자 이름이었다.

"그래서 딸 이름이 도윤선이라고? 우리 딸이랑 동갑이었구나. 우리 다은이는 바로 그 옆 학교 다녀."

인터넷 검색창에 학교 이름과 함께 도윤선을 검색하자 지역 백일장에서 상을 탄 뉴스가 떴다. 기사 사진으로 얼굴 확인까지 가능했다. 다른 학교 아이들도 같이 찍혔지만, 옆 학교 교복은 도윤선이 유일했기 때문이다. 나는 얼굴을 잘 외웠고 그 학교는 명찰 패용에 엄격한 편이었다. 그렇게 미행이 시작되었다.

그날의 예보에서는 미세먼지 농도가 심하다고 했다. 왜 요즘 카페에 자주 안 오느냐고 아빠가 아침에 무심하게 물었지만 나는 대답하지 않았다. 아빠는 그런 나를 보며 의미심장하게 웃었는데 그 미소의 속뜻을 알고 싶지 않았다. 도윤선도 나처럼 자기네 엄마의 외도 냄새를 맡고 있을까. 알고 있다면 과연 어느 정도까지 알고 있는 걸까. 마침 도윤선은 혼자 걷고 있었다. 걸음에 맞춰 흔들리는 책가방을 뒤에서 바라보며 도윤선의 뉴스 기사를 되짚었다. 백일장에서 금상을 받았다는 시의 내용이 궁금했다. 짧은 글짓기도 젬병인 내게 시는 미지의 영역이었다.

돌연 걸음을 멈춘 도윤선의 시선이 닿은 곳은 까만 털의 고양이었다. 도윤선은 햇볕 쬐기를 하고 있는 작은 동물을 물끄러미 쳐다보고 있었다. 나는 그런 도윤선을 몰래 뜯어봤다. 고양이를 좋아하는 마음이 뚜렷한데, 왜 다가가지 않는 걸까. 귀를 뒤로 젖힌 고양이가 도윤선을 올려다보자, 도윤선은 관심이 없는 척 시크하게 발길을 돌렸다. 도윤선이 왼쪽 골목으로 방향을 틀며 획, 나를 쳐다보는 것 같기도 했다. 나는 내 갈 길을 가는 양 걸음을 반대 방향으로 틀었다. 마치 도윤선이 고양이한테 했던 것처럼.

미세먼지 때문인지 답답한 기분이 좀처럼 나아지지 않았다. 기분이 꿀꿀할 때면 블로그에 그 감정을 기록하곤 한다. 단순히 공부 기록용으로 시작한 블로그인데 언제부터인가 공부보다는 일기 형식의 글을 더 자주 쓰게 되었다. 주변에 내가 블로그를 한다는 사실을 아는 사람은 없다. 내가 완벽하게 숨겼기 때문이다. 나에 대해 알지 못하는 부분도 있을 터인데 블로그로 마치 모든 것을 다 아는 양 떠들어 대는 것을 견딜 자신이 없었다.

업로드는 불규칙적이었고, 사진도 거의 없어 보는 재미가 하나도 없을 텐데, 꾸준히 비밀 댓글을 달아 주는 사람이 생겼다. 닉네임이 '냉침 밀크티'였다. 하필 내가 제일 좋아하는 음료가 닉네임이어서 더 인상적이었다. 냉침 밀크티는 무턱대고 이웃신청을 하지 않는 사람이었고, 포스팅도 내 것과 많은 부분이 비슷했다. 광고는 전무했고, 사진 없이 글로만 자신의 생각을 간결하게 올리곤 했다.

보통의 댓글은 일차원적인 맞장구나 위로가 전부였기에, 대댓글은 서로 거의 달아 주지 않았다. 그날따라 유독 쓸쓸했던 기분 탓일까. 나는 냉침 밀크티가 남긴 댓글에 대댓글을 달아 버렸다.

  ┗ 파란 원피스: 밀크티 님은 언제 우울하세요? 그리고 우울할 때는 보통 뭐 하세요?

나의 닉네임은 '파란 원피스'였다. 왜 닉네임을 엄마가 늘 입고 있는 옷으로 정했는지, 내 자신을 알다가도 모를 일이었다. 냉침 밀크티는 실시간으로 나의 글을 확인하는 듯했다. 곧장 나의 대댓글에 대대댓글이 달렸다.

    ㄴ, 냉침 밀크티: 저는 언제나 우울하죠. 원래 산다는 건 우울한 거 아닌가요? 억지로 밝은 척할 필요는 없을 것 같아요. 그럼 너무 힘들잖아요. 우울할 때 저는 별일 안 해요. 그냥 일상을 살아 내죠.

    ㄴ, 파란 원피스: 그렇구나, 혹시 학생이에요?

닉네임만으로도 나는 여자인 게 바로 티가 나겠지만, 냉침 밀크티의 성별은 알기가 어려웠다. 업로드된 글을 샅샅이 읽어 봐도 알아챌 수 있는 단서가 없었다. 나이도 종잡을 수 없었다. 어떤 때에는 또래 같기도 했고, 또 어떤 때에는 나이가 충분히 든 어른처럼 보이기도 했다.

    ㄴ, 냉침 밀크티: 대학을 졸업한 지는 오래되었습니다. 남자이고요.

얼결에 물어보지 못했던 정보까지 알게 되었다. 정확한 나이와 이름, 얼굴, 사는 곳도 모르지만 나는 냉침 밀크티가 좋은 사람이라고 믿기로 했다. 우리는 대면하고 이야기를 나누는 것처럼 댓글을 주고받으며, 이웃을 맺었다. 정신을 차리고 보니 다음 주 주말에 만나자는 약속을 잡고 있었다. 우리 집에서 그리 멀지 않은 장소였다.

초저녁에 만나기로 했다. 모텔과 유흥주점이 늘비한 골목 가운데에 자리 잡은 복층 구조의 카페로, 몇 번 지나쳐 본 적이 있는 곳이었다. 그날 입을 옷을 고르느라 옷장 앞에 오랫동안 서 있었다. 너무 어른인 척하지 않으면서도 학생답지 않은 옷을 찾는 것은 쉬운 일이 아니었다.

인터넷으로 알게 된 사람과는 절대로 만나지 않겠다는 약속을 아빠와 한 적이 있다. 이메일 주소를 처음 만들 때였던 것 같다. 아빠와의 약속을 깨고 있다는 불편함이 마음속에서 뜰썩거렸지만, 나도 뭔가를 보여 주고 싶었다. 무엇을? 누구에게? 아빠일까. 아니었다. 그럼 내 자신일까. 그럴지도 몰랐다.

┗ 냉침 밀크티: 전화번호 알려 줄 수 있어? 아니면 인스타나 카톡 아이디라도.

마지막 댓글을 확인한 순간 심장이 불길하게 쿵쿵거렸다. 갑자기 반말로 나를 대하는 태도가 어딘가 찜찜했다.

ㄴ 냉침 밀크티: 아니면 오픈채팅방을 만들까?

오픈채팅방이라면 더 구체적인 정보를 열어 두지 않아도 돼서 괜찮을 것 같았지만, 아무래도 꺼림칙한 느낌이 지워지지 않았다.

ㄴ 파란 원피스: 그냥 일요일 여섯 시에 카페에서 만나 요.

차마 말을 놓지는 못하고 한 칸을 띄어서 요를 붙였다. 어떤 선을 넘을 때처럼 심장이 쫄렸다.

"저녁 먹자."
웬일로 아빠가 일찍 들어왔다. 들고 온 종이봉투에는 옛날 통닭이 담겨 있었다. 월요일마다 사거리 골목에 오는 트럭표 통닭으로, 나와 아빠보다는 엄마가 더 좋아하는 음식이다.
"여보, 이거 먹어. 우리 같이 먹자."
아빠가 말했지만 엄마는 늘 그랬듯이 대답을 하지 않고 그저 누워 있다. 자고 있는 건 아니다. 자기만 알고 있는 늪에 또 빠져 있다. 그런 엄마를 보며 아빠가 고개를 반쯤 떨구었다가 다시 들었다.

"냄새 죽이는데! 그치, 다은아?"

나는 시들하게 고개를 끄덕거리며 닭다리를 집었다. 기름 닦을 휴지를 가운데에 놓으며 아빠가 물었다.

"일요일은 학원 없지?"

"왜?"

"오랜만에 외식하자고."

일요일에는 냉침 밀크티랑 약속이 있는데.

"왜?"

"왜긴 왜야. 나가서 먹은 지 오래되었잖아. 좀 쑥스럽지만 보여 줄…… 것도 있고."

나는 아랫배에 힘을 꽉 주었다. 은근슬쩍 자신의 연인을 내게 소개하려고 하는 걸까.

"바빠."

"무슨 일인데?"

평소 같지 않게 끈질기기까지 하다.

"그냥 바빠. 다음에 외식해."

"좀 미루면 안 돼? 다은이랑 꼭 같이 있어야 해서 그래."

아빠가 진짜 싫다. 엄마와 이혼이라도 하고 애인을 만들든가. 이런 불분명한 태도가 얼마나 비겁하고 추접스러운지 모르는 걸까.

"무도 좀 먹어. 하나 더 사 왔는데."

닭을 먹을 때 나는 무를 많이 곁들이는 편이었다. 아빠도 내가 치킨 무를 좋아한다는 걸 잘 알고 있어서 꼭 하나씩 더 추가해 왔다. 입안의 텁텁함을 지워 줄 하얀 무 한 조각이 필요했지만 통닭을 다 뜯을 때까지 꾹 참기로 했다.

"내가 국물을 너무 많이 따라 버렸나?"

치킨 무에 손을 대지 않는 나를 보며 미안해하는 아빠의 말도 안 들리는 척했다.

"엄마도 같이 외식하는 거야?"

한껏 당황하라고 일부러 엄마를 들먹였다.

"같이 가야지."

자신 없는 목소리로 아빠가 말했다. ……사자대면이라도 하려고? 진짜 뻔뻔하다. 닭다리 물렁뼈를 씹어 먹으며 나는 속엣말로 이죽거렸다. 하긴, 내내 아슬아슬한 집구석이긴 했다. 이제부터 어떻게 되는 걸까. 아빠와 엄마 중 한쪽을 선택해야 하는 걸까. 차라리 그럴 바엔 냉침 밀크티랑 살아 버리는 게 나을지도 모르겠다. 야, 송다은! 정말 미친 거 아니야? 제멋대로 뻗어 가는 생각의 가지 끝에 화들짝 놀란 건 누구도 아닌 나 자신이었다.

"아우씨!"

나도 모르게 욕 같은 말을 뱉고 말았다.

"왜 그래?"

아빠도 놀란 모양이었다.

"아니 그냥 갑자기 이상한 생각이 나 가지고."

"무슨 생각?"

"몰라도 돼!"

너무 쏘아붙였나 싶어 약간 머쓱해졌다. 좀 누그러뜨리는 게 좋을 성싶었다.

"상황 보고…… 결정할게."

"그래, 그러면 상황 보고 올 수 있으면 꼭 와."

어디냐고 묻지 않았다. 아빠도 굳이 말해 주지 않았다. 어쩌면 내가 안 갈 거라고 생각하고 있는지도 몰랐다.

화요일부터 아빠는 출근을 하지 않았다. 희진 언니를 부점장으로 진급시킬 예정이라 경험 삼아 매장을 맡겨 보았다고 했다. 아빠는 엄마와 대화하는 시간을 부쩍 늘렸다. 잘은 모르겠지만 뭔가 설득을 하는 것 같기도 했다. 엄마의 반응이 아예 없는 건 아니었다. 나는 아빠에게 무슨 이야기를 나누는지 물어볼 용기가 나지 않았다. 혹시 그 설득이 이별하자는 말일까 싶어 겁이 났다. 그럴 때면 냉침 밀크티를 생각했다. 그는 무얼 하고 있을까. 내가 이렇게 불쑥불쑥 그를 생각하는 것처럼 그도 나를 생각할까. 그가 뻔뻔한 사람은 아니었으면 좋겠다고 생각했다.

작은 고갯짓만 하던 엄마가 아빠의 말에 뭐라 짧은 대꾸를 하기도 했다. 엄마의 대꾸에 아빠의 말이 더 길어졌는데 그 사이사이 지영이라는 이름이 몇 번 반복되는 것을 들을 수 있었다. 아빠가 전화기를 붙들고 너밖에 없다고 말하던 바로 그 상대, 지영이었다.

많은 것이 안개에 싸인 채, 그날이 왔다. 냉침 밀크티는 검은색 티셔츠에 회색 캡 모자를 쓰고 나온다고 했다. 무테안경에 하얀색 스니커즈, 연청바지를 입었다고도 덧붙였다. 그런 차림의 남자는 카페에 한 명뿐이었지만 섣불리 다가갈 수 없었다. 아무리 젊게 봐 줘도 사십 대 이상으로 보였던 까닭이다.

ㄴ 냉침 밀크티: 오고 있어? 뭐 입었어?

일단 일행이 있는 것처럼 카페 2층으로 올라갔다. 계단 가까이 앉으면 아래층에 있는 캡 모자의 끄트머리가 보였다. 그가 자리를 옮기는지, 혹은 나가는지 알아챌 수 있는 위치였다. 다행히 냉침 밀크티는 내 옷차림에 대해 전혀 알지 못했다.

어떻게 하는 게 좋을까. 나는 올가미에 걸린 기분이었다. 온라인 친분을 기반으로 오프라인에서 만났다가 멀어진 끔찍한 사건사고들이 떠올랐다. 드문 일이니까 뉴스까지 나왔겠지, 싶다가도 내게도 그런 일이 일어나지 않으리란 보장이 없다는 불안이 밀려왔다. 무심히 바지 주머니에 손을 넣었는데 동전이 하나 걸려 나왔다. 이걸 던져서 숫자가 나오면 저 사람에게 가서 인사를 건네고, 새가 그려진 면이 나오면 끝까지 모르는 척해 버리자, 라고 정했다.

탁, 위로 올려 친 동전이 허공에서 돌다가 내 손바닥 사이에 들어왔다. 왼손이 아래 오른손은 위, 그 사이로 동전의 두께가 느껴졌다. 천천히 오른 손바닥을 열었다. 숫자였다.

숫자가 나왔음에도 나는 냉침 밀크티에게 가지 않았다. 그 이유를 어떻게 설명할 수 있을까. 아빠에게서 온 문자 탓으로 간단하게 둘러대도 괜찮을까.

―일곱 시까지 가게로 오면 좋겠어. 오랜만에 성사된 공연인데 다은 이를 꼭 초대하고 싶어!

<작은 공연>

* 보컬: 신지은

* 작곡 및 기타: 송다혁

* 작사: 김지영

아빠의 문자 내용을 이해하느라 몇 번이나 눈을 비볐다. 엄마와 아빠는 대학교 밴드부에서 만나 첫눈에 반했다고 했다. 엄마의 낮게 떨리는 음색은 독보적이었고 아빠의 작곡 실력은 나쁘지 않았단다. 그리고 편입으로 늦게 합류한 또 다른 친구가 지은 노랫말들이 무척이나 감동적이었다고. 엄마와 아빠는 그 친구로 인해 보다 그럴싸한 밴드 무대를 펼칠 수 있었다고 했다.

오래전 아빠와 엄마의 러브스토리를 들었을 때, 분명 그 친구의 이름도 들었지만 이내 까먹었다. 그 친구 이름이 김지영이었구나.

무언가를 헤쳐 나가기 위해서는 중요한 게 뭔지를 잘 파악하는 게 우선이다. 내가 한 말은 아니고 오래전 엄마 아빠랑 같이 본 영화에 나온 대사이다. 당시에는 뚱딴지같은 소리라고 생각했지만, 이제는 무슨 의미인지 알 것도 같다. 일단 중요한 것은 공연의 초대에 응하는 것이었다. 냉침 밀크티이든 아빠의 바람이든 그 밖의 것들은 공연 이후에 다시 생각해 볼 부분이었다.

    ┗, 파란 원피스: 갑자기 집에 급한 일이 생겨서 못 나갈 것 같아요. 죄송합니다.

댓글을 남기자마자 냉침 밀크티에게서 욕이 섞인 대댓글들이 달리기 시작했다. 남녀의 성기를 뜻하는 저속한 단어들이 들입다 쓰였다. 나만의 공간이었던 블로그가 금세 오염되었다. 얼굴에서 자꾸만 땀이 났다. 소매로 땀을 닦아 내며 이웃 차단 기능을 찾았다. 차단을 하고서야 숨을 제대로 쉴 수 있었다.

카페 2층에는 상가 내부와 연결된 문이 따로 있었고, 나는 그곳을 통해 건물을 빠져나왔다. 아빠에게 가는 길에 꽃집이 있어 아담한 꽃다발을 하나 샀다.

"누구한테 선물하는 거예요?"

"가수요."

생각지도 못한 답이 나와 버렸다. 노래 부르는 사람을 가수라고 부르는 게 맞으니, 영 틀린 말은 아니었다. 다발 포장지로 라임색 부직포를 골랐다. 올망졸망한 꽃들과 잘 어울렸다.

—가고 있어.

아빠에게 메시지를 보냈다.

—기다리고 있어.

문학동네 청소년

홈페이지_ www.munhak.com 　　카페_ cafe.naver.com/mhdn 　　북클럽_ bookclubmunhak.com
트위터_ @kidsmunhak 　　인스타그램_ @kidsmunhak 　　문의전화_ (02)3144-3237(편집) (031)955-3576(마케팅)

문학동네청소년은 넓고 깊게 세상을 만나는 십 대들의 책입니다.
나의 가치와 우리의 가치가 어우러지는 세상을 향해 나아갑니다.

001 **우리들의 아름다운 나라** 김진경 장편소설

002 **순간들** 장주식 장편소설

003 **어떤 고백** 김리리 소설

004 **손톱이 자라날 때** 방미진 소설

006 **불량 가족 레시피** 손현주 장편소설

007 **괴물, 한쪽 눈을 뜨다** 은이정 장편소설

009 **날짜변경선** 전삼혜 장편소설

010 **오, 나의 남자들!** 이현 장편소설

011 **도둑의 탄생** 김진나 장편소설

012 **검은개들의 왕** 마윤제 장편소설

013 **괴담** 방미진 장편소설

016 **상큼하진 않지만** 김학찬 장편소설

017 **그치지 않는 비** 오문세 장편소설

018 **수다쟁이 조가 말했다** 이동원 장편소설

019 **플레이 플레이, 은하고** 김재성 장편소설

020 **아는 척** 최서경 장편소설

021 **흑룡전설 용지호** 김봉래 장편소설

025 **청소년을 위한 나는 말랄라**
   말랄라 유사프자이·퍼트리샤 매코믹 지음

026 **숲의 시간** 김진나 장편소설

027 **변두리** 유은실 장편소설

028 **창밖의 아이들** 이선주 장편소설

029 **싸우는 소년** 오문세 장편소설

030 **소년소녀 진화론** 전삼혜 소설

035 **테오도루 24번지** 손서은 장편소설

036 **멧돼지가 살던 별** 김선정 장편소설

037 **나의 슈퍼히어로 뽑기맨** 우광훈 장편소설

038 **구달** 최영희 장편소설

039 **세계를 건너 너에게 갈게**
   이꽃님 장편소설

042 **체리새우: 비밀글입니다**
   황영미 장편소설

043 **B의 세상** 최상희 소설

045 **허구의 삶** 이금이 장편소설

046 **독고솜에게 반하면** 허진희 장편소설

047 **나는 새를 봅니까?** 송미경 소설

048 **귤의 맛** 조남주 소설

049 **곰의 부탁** 진형민 소설

050 **우리는 난민입니다**
   말랄라 유사프자이·리즈 웰치 지음

064 **너를 위한 B컷** 이금이 장편소설

오늘도 타인의 SNS 속 A컷에 '좋아요' 하셨습니까?
잘라 버린 B컷의 진짜 이야기

선우는 서빈이의 유튜브를 편집하면서 서빈이를 실제보다 더욱 매력적인 인물로 연출한다. 하지만 영상 편집 중에 삭제했던 장면들이 어떤 사건의 일부였음이 밝혀지고, 선우는 자신이 이 일을 몰랐다고 할 수 있을지 고민에 빠진다. 이금이 작가는 누구나 자기를 편집해 보여 줄 수 있는 SNS 시대의 명암을 예리하게, 그러면서도 사려 깊게 비춘다.

2023 문학나눔 선정도서 | 2024 아침독서 추천도서 | 2024 구례, 구로 올해의 책 | 2025 원주, 양주 올해의 책

065 **착륙할 때 박수를** 엘리자베스 아베체도 소설

우리의 결말은 단단한 땅에, 함께, 무사히 닿는 것

카네기 상·내셔널 북 어워드 수상 작가의 경이로운 운문소설. 실제 일어난 대형 참사를 모티브로 수년간의 치열한 취재 끝에 쓴 이야기이다. "죽음 이후에 거침없이 까발려지고 만 사람들의 커다란 비밀"을 중심에 놓았다. 상실과 애도에 관한 이야기인 동시에 가장 가까운 이들조차 몰랐던 비밀에 대한 이야기다.

2020년 뉴욕 타임스 베스트셀러 | 굿리즈 초이스 어워드 청소년소설 부문 수상
전미도서관협회 선정 청소년소설 TOP 10

066 **여름을 한 입 베어 물었더니** 이꽃님 장편소설

가장 눈부시게 찬란할, 우리의 열일곱 번째 여름

한없이 뜨거운 여름날, 서로에게 강한 끌림을 느낀 것이 시작이었다. 그 아이의 아픔을 알아보면서, 난생처음 지켜 주고 싶다는 마음이 싹트면서 두 아이는 그동안 알려 하지 않았던 자신의 이야기에 처음 직면한다. 고통스럽기만 할 줄 알았던 이번 여름이 마침내 '가장 찬란하고 벅찬' 둘의 여름이 되기까지.

2023 올해의 청소년교양도서 추천도서 | 2024 전라남도교육청장성도서관, 남원시공공도서관, 포천, 나주 올해의 책 | 2024 서점인이 뽑은 올해의 책 | 2025 용인시 올해의 책

068 **내 정체는 국가 기밀, 모쪼록 비밀** 문이소 소설

"난 22세기가 재밌을 것 같아.
내 표고버섯이 세상을 구할지도 모르지."

인공지능이 나를 덕질한다면? 21세기를 방문한 22세기 인간이 은근히 손이 많이 가는 스타일이라면? 내 옆의 그가 감쪽같이 정체를 숨긴 외계 생명체라면? 내 집 문을 두드린 이가 가출한 반려로봇이라면? 우주의 광막함을 유머와 다정으로 방울방울 채운 한낙원과학소설상 수상 작가, 문이소의 첫 SF 소설집.

069 **네임 스티커** 황보나 장편소설

그러니까, 이 스티커에다가 이름을 써서 화분에 붙이고
뭔가를 빌면 그게 이루어진다고?

스티커에 이름을 써서 화분에 붙이고 뭔가를 빌면 이루어진다는 민구. 은서는 같은 반 민구의 이상한 고백을 듣고 막다른 벽 앞에서 팀장에 스스로를 구해 빈다. 질ინ, 질투, 시샘, 원망, 휘몰아치는 감정의 소용돌이 속에서 흔들리던 은서가 붙잡은 어떤 '이상함'에 대한 이야기다.

제14회 문학동네청소년문학상 대상 | 2024 올해의 청소년교양도서 추천도서
2025 아침독서 추천도서 | 2025 청소년 북스타트(책날개)

070 나는 복어 문경민 장편소설

**하고 싶다, 되고 싶다, 먹고 싶다, 같은 모든 욕심이
무너지던 나를 일으켜 세웠다.**

엄마가 스스로 세상을 등진 걸 알았을 때, 아버지가 엄마에게 내던진 말을 기사로 읽었을 때, 두현의 마음에 독이 맺혔다. 청산가리보다 치명적이고 복어의 독보다도 더 진한. 이제 두현은 자신을 짓누르던 과거를 털어 내고 가볍게 날아오르고 싶다.

2025 김해, 창원 올해의 책 | 2025 경남독서한마당 선정도서 | 2025 아침독서 추천도서

071 쉬는 시간은 나와 함께 신현이 소설

나는 쉬는 시간에 교실을 빠져나가는 나만의 법칙을 가지고 있다.

우정과 사랑의 무게를 비교하며 혼란한 마음, 더는 동화 같지 않은 현실의 친구 관계, 언젠가는 자립하여 내 삶을 만나러 가야 한다는 숙제와 마주하며 끊임없이 분열하는 십 대의 시간. 구석이 편한 아이들에게 햇살처럼 따스한 위안과 용기를 불어넣어 주는 이야기를 담았다. 작은 마음을 단 하나도 놓치지 않는 신현이 작가의 첫 소설집.

2024 학교도서관저널 추천도서 | 2024 올해의 청소년교양도서 추천도서

072 네가 되어 줄게 조남주 장편소설

**"내 귀여움이 엄마의 인생을 구원했구나."
"너를 귀엽게 키운 이 엄마 덕분이지."**

서로에 대한 오해가 최절정이던 순간, 딸 강윤슬은 1993년 중학생이었던 엄마의 몸으로, 엄마 최수일은 2023년 중학생인 딸의 몸으로 들어가 딱 7일간의 '너'를 체험한다. 너무도 다른 두 사람이 서로의 시간과 공간, 인간관계를 통과하며 겪는 사건들이 유머와 감동을 자아낸다.

2024 학교도서관저널 추천도서 | 2025 아침독서 추천도서 | 2025 청소년 북스타트(책날개)

073 탱탱볼: 사건은 문방구로 모인다 강이라 장편소설

**손님은 없어도 사건은 넘치는 향수문방구
오늘도 문 열었습니다!**

'미스 마플'이라 불리는 전직 형사 영옥의 향수문방구. 이곳에 탱탱볼 던지는 초등학생 리라, 추리소설 좋아하는 중학생 하나, 까칠한 고등학생 동우가 날마다 찾아온다. 이들을 따라 다니는 뜻밖의 사건들로 향수문방구는 오늘도 떠들썩하다. 생동감 넘치는 캐릭터와 통통 튀기는 유머, 애틋한 미스터리로 청소년 독자의 마음을 끌어당기는 강이라 작가의 첫 장편소설.

2024 학교도서관저널 추천도서 | 2025 아침독서 추천도서

074 그게 너라면 이은용 소설

삐걱거리는 날들 속에서 마음이 향하는 대로 용기를 뻗는 우리들

잔뜩 웅크려 있던 이들이 마음이 향하는 대로 한 걸음 내딛기 시작한다. 난생처음 겪어 보는 절망과 싸워야 하는 상황, 어둠 속에 있을 것만 같은 미래, 외면하고 지나쳐 버린 누군가의 간절함, 좋아하는 아이의 사소한 행동에 출렁이는 마음까지. 삐걱거리는 날들 속에서 자신 안에 있는 내일을 향한 기대와 용기를 발견한다. 섬세하고 다정한 시선으로 뭉근한 위로를 건네는 다섯 편의 이야기.

청 소 년 테 마 소 설

청소년의 삶을 맴도는 질문들,
그 하나하나를 화두 삼아
7인의 작가가 펼치는 다채로운 이야기

관계

"알잖아, 복잡한 거."
관계의 온도

미래

"몰라, 어떻게든 되겠지."
내일의 무게

콤플렉스

"말해, 아프다고."
콤플렉스의 밀도

정체성

"아는 척하지 마."
존재의 아우성

중독

"어디서부터 잘못된 걸까."
중독의 농도

사랑

"뭔가 달라 보여."
사랑의 입자

불안

"모든 게 제자리로 돌아올 거야."
불안의 주파수

통과의례

"나는 내가 될 건데?"
성장의 프리즘

외로움

"난 나랑 함께야."
외로움의 습도

희망

"해 볼 만하잖아."
희망의 질감

Since 2014

10가지 테마

41인의 작가

70편의 단편소설

057 훌훌 문경민 장편소설

과거를 싹둑 끊어 내면, 나의 내일은 가뿐할 텐데.

과거와의 단절을 선언하며 독립을 꿈꾸던 열여덟 살 유리가 곁의 사람들과 연결되어 가는 과정을 그렸다. 마음과 마음은 연결될수록 가벼워지기도 하는 것. 버거운 덴 각자의 이유가 있을지라도, 가뿐해지는 방법은 어쩌면 하나뿐일지 모른다.

제12회 문학동네청소년문학상 대상 | 2023 원주 한 도시 한 책 | 제14회 권정생문학상 수상작
2024 전남, 양주, 완주 올해의 책 | 2024 올해의 수성북

060 얼토당토않고 불가해한 슬픔에 관한 1831일의 보고서

조우리 장편소설

소수는 특별해. 아주 단단한 숫자들이지. 넌 소수처럼 단단해질 거야.

5년 전 7월 19일, 동생 혜진이가 사라지고 1831일이 흘렀다. 맙소사, 모든 숫자가 소수잖아! 기이한 우연이 겹치는가 싶더니 마침내 혜진이를 목격했다는 증인이 나타난다. 그래, 말도 안 되는 슬픔이 불쑥 덮쳐오는 게 인생이라면, 그 슬픔을 견디게 하는 선의 또한 불쑥 찾아올 수 있는 거야.

061 오늘의 인사 김민령 소설

**오늘의 교실은 15도 정도 각도를 튼 것처럼 느껴졌다.
어쩌면, 오늘의 내가 살짝 기울어져 있는지도.**

허리를 삐끗하기 전엔 내 허리가 제대로 붙어 있는지 생각해 본 적이 없었어. 먼지는 늘 여기에 있지만 햇빛이 비치지 않으면 보이지 않지. 나나가 결석한 오늘 나는 그 어느 때보다도 많이 나나를 생각했어. 만약 내가 없으면, 그 빈자리는 어떻게 보일까? 청량하고 애틋하게 오늘의 다름을 알아채는 일곱 편의 이야기.

2023 문학나눔 선정도서

062 노파람이 아르바이트를 그만둔 날 허진희 장편소설

그 아르바이트, 해 볼게요. 저에겐 집을 떠나 보고 싶은 이유가 있거든요.

『독고솜에게 반하면』으로 문학동네청소년문학상 대상을 받은 허진희 작가의 두 번째 장편소설. 열일곱 살의 겨울방학, 노파람은 숙식 제공 아르바이트 제안을 받고 집을 나선다. 세상의 눈을 피해 운영되는 식당, '헤븐'으로. 난생처음 가족이란 울타리를 벗어난 노파람은 무엇을 마주하게 될까.

2024 아침독서 추천도서

063 고요한 우연 김수빈 장편소설

나는 네가 궁금해졌어. 아주 많이.

교실에서 늘 돋보이는 아이 '고요', 조용하지만 어쩐지 궁금해지는 아이 '우연'. 매일 밤 나랑 익명으로 대화를 나누는 이는 정말로 두 사람 중 한 명인 걸까? 온라인과 오프라인 세계를 넘나들며, 달의 뒷면처럼 영영 볼 수 없을 것만 같았던 누군가의 이면이 차츰 드러나기 시작한다.

제13회 문학동네청소년문학상 대상 | 2023 올해의 청소년교양도서 우수선정도서 | 제1회 신구문화상 | 2024 양주, 대구 올해의 책 | 2024 아침독서 추천도서 | 2025 평택, 광양, 정읍 올해의 책

044, 055, 067 맹탐정 고민 상담소 이선주 장편소설
❶ 자아는 가출 중 ❷ 연애는 오리무중 ❸ 비밀은 새는 중

파도치던 내 마음은 아직도 가라앉지 않았는데,
잠깐, 어디선가 또 수상한 사건의 냄새가!

명석한 추리력과 뛰어난 관찰력, 남다른 사명감으로 똘똘 뭉친 산이군의 탐정 맹승지의 활약이 펼쳐진다. 종횡무진 짐작할 수 없이 전개되는 사건, 달그락거리는 유머로 가득한 소설.

2020 원주 한 도시 한 책 | 2020 학교도서관저널 추천도서 | 2021 구미 올해의 책
2022 아침독서 추천도서

051 행운이 너에게 다가오는 중 이꽃님 장편소설
내가 너의 행운이 될 수 있을까?

『세계를 건너 너에게 갈게』의 이꽃님 작가가 그리는 또 하나의 기적. 톡톡톡, 닫혀 있던 한 세계를 향한 노크 소리가 들려오기 시작한다. 행운이 간절한 아이들 곁으로 누군가가 다가온다. 인생을 지독하게 만드는 것은 인간이지만, 그 인생에 손을 내미는 것 또한 언제나 인간이니까.

한국출판문화산업진흥원 2020 우수출판콘텐츠 선정작 | 2021 아침독서 추천도서
부산시공공도서관 이달의 책 (2021년 3월) | 2021 원주 한 도시 한 책 | 2021 의정부 올해의 책

052 살아 있는 건 두근두근 보린 소설
쓰다듬고 마주 안고 먹고 먹히고
살이 되고 살을 만들고 살로 살아가고…

'살'이란 무엇일까? 외부를 감각하고 타인과 부딪치고 또 고기가 되어 누군가의 살이 되는 살. 이 소설은 과거, 현재, 미래를 배경으로 인간과 안드로이드, 기계 '소'와 제물로서 사육되는 곰 등이 살아가는 세계 안에서, '살(고기)'의 세 가지 변주를 담았다.

053 궤도의 밖에서, 나의 룸메이트에게 전삼혜 장편소설
"너는 나의 세계였으니, 나도 너에게 세계를 줄 거야."
끝내 살아남을 사랑의 기록

다가오는 토요일, 지구는 검은 구름으로 뒤덮이겠지만 한 사람만은 반드시 무사할 예정. 무사함을 가능하게 한 것은 달의 뒷면처럼 보이지 않는 누군가들의 간절함이었다. 그러니까 이것은, 마지막 순간까지 서로를 놓지 않은 연대의 기록이자 한 세계가 끝나도 결코 사라지지 않을 사랑의 연대기.

2021 문학나눔 선정도서 | 2022 아침독서 추천도서 | 2022 화이트레이븐스 선정

056 모범생의 생존법 황영미 장편소설
나쁘지 않은 성적, 그건 이 세계를 견디기 위한 최소한의 보험 같은 거야.

『체리새우: 비밀글입니다』 작가 황영미의 새 청소년소설. '모범생'이라는 이름으로 뭉뚱그려지는 전교 N등들을 위한 일상 생존 매뉴얼이 담겼다. 본격적인 수험 생활에 진입하는 시기, 열일곱 살의 봄을 맞이한 아이들의 일상 분투기를 만나 보자.

2022 어린이도서연구회가 뽑은 청소년책

075 왝왝이가 그곳에 있었다 이로아 장편소설

"그 애가 여기에 있었어. 기억나. 그 남자애."

참사 이후 일 년. 생존자인 연서는 살아 있다는 것만으로도 긴 벌을 받고 있다고 생각한다. 도저히 잠을 수 없던 밤, 연서는 하천 산책로를 걷다 크고 선명한 울음소리를 듣는다. 왝왝왝, 울고 있는 그 소리. 하수구 아래로 플래시를 비추자 한 소년이 어둠 속에서 지상을 바라다보고 있다. 도대체 소년은 왜 그곳에 있는 걸까?

제15회 문학동네청소년문학상 대상 | 2025 올해의 청소년교양도서 우수선정도서 | 2025 KBBY가 주목한 아동청소년책 | 2025 학교도서관저널 추천도서

076 모든 골목의 끝에, 첼시 호텔 조우리 장편소설

**"위기가 때를 골라 찾아오진 않더라고.
충분히 헤매야 길을 읽을 수 있다고 믿어."**

처음 느낀 사랑, 처음 가져 본 단짝. 그 단짝이 내 짝사랑과 사귀는 걸 알았을 때, 나는 어떻게 해야 하지? 어딘가 훼손되거나 뭔가를 잃어 본 사람들이 교차하는 첼시 호텔에서, 주체할 수 없는 감정들로 아파하던 락영에게 어떤 밤들이 위로처럼 새겨진다.

2025 KBBY가 주목한 아동청소년책 | 2025 학교도서관저널 추천도서

077 순재와 평범한 필립 오하림 장편소설

"네가 품고 산 조각들도 충분히 눈부셔."

'평범한' 필립은 유명 오케스트라의 연주를 보러 간 밤, 콘트라베이스 케이스에 머리를 부딪힌다. 문제는 그 뒤로부터 밤이면 머릿속에 기절할 만큼 멋진 음악이 들려온다는 것이었는데. 필립은 음악을 붙들기로 결심하고, 운명은 그를 순재와 키완 앞으로 데려다 놓는다. 필립, 순재, 키완 세 사람이 이루는 조금은 특별한 '평범함'에 대한 이야기.

2025 학교도서관저널 추천도서

ex 01 녹아내리기 일보 직전 달리·듀나·박애진·최영희 소설, 송수연 엮음

"자꾸만 세상과 충돌하는 나, 과연 정상일까?"

수많은 다름의 당연함을 가장 낯설고 새롭게 보여 주는 '문학동네 ex' 소설, 그 첫 번째 책. '청소년 감시단'에 들어가 렙틸리언 색출에 나선 채이, 특별한 존재가 되기 위해 외계인의 후손이길 갈망하는 정윤, 로봇이 지배하는 안양시에서 도망자로 사는 찬미, 깨진 우정을 돌아보기 위해 과거를 여행하는 수우. 청소년들의 물결치는 우주를 담은 네 편의 SF 소설.

2024 학교도서관저널 추천도서 | 2025 어린이도서연구회 추천도서

ex 02 김누아의 가설 길상효·김정혜진·문이소·청예 소설, 송수연 엮음

"내가 할 수 있는 최선은 너희와 달라."

사회가 정한 기준과 '다른', 그렇기에 더욱 특별한 존재들을 그린다. 뛰어난 능력을 갖고 태어났으나 '내 것'이 없다고 말하는 화성인, 우연한 계기로 까마귀와 소통이 가능해진 인간, 매년 겨울 동면에 드는 탓에 관계에 어려움을 겪는 동면종, 학교에 다니지 않고 홀로 지내는 아이. 나를 온전히 긍정하는 동시에, 타자에 대한 이해로 나아가는 SF 소설집.

2025 KBBY가 주목한 아동청소년책 | 2025 학교도서관저널 추천도서

아빠의 답장을 확인하자 퀴퀴한 곳에서 말쑥한 곳으로 순간 이동한 것처럼 기분이 가벼워졌다.

"어이, 다은."

파란색 셔츠 차림의 아빠가 기타를 멘 채로 손을 흔들며 나를 반겼다. 간판이 꺼진 카페의 내부에는 어디서 준비한 건지 대형 스피커와 스탠딩 마이크가 어엿하게 놓여 있었다.

"여기서 이런 거 해도 돼?"

"사장 마음이지, 뭐."

아빠가 웃었다. 엄마가 서 있는 게 낯설면서도 반가웠다. 계절에 맞지 않는 부츠 차림의 엄마는 여전히 파란 원피스를 입은 채였다. 기름이 좔좔 흐르는 머리는 고무줄로나마 질끈 묶여 있었다. 눈이 마주친 엄마와 나는 한쪽 손을 낮게 들어 올렸다가 내렸다. 거의 동시에 일어난 일이라 웃음이 새어 나왔다. 엄마의 얼굴에도 옅은 미소가 번졌는데 그게 참 좋았다. 너무 좋아서 쥐고 있던 꽃다발을 놓칠 뻔했다.

"네가 다은이구나, 안녕."

김지영이었다. 내가 미행했던 여자아이의 엄마. 아빠의 애인이라고 생각했던 사람. 이렇게 둘을 나란히 보고 있으니 하나도 연인처럼 보이지 않았다. 색깔을 맞추느라 일부러 진파랑 스카프를

목에 둘렀음에도 그랬다. 나는 고개를 숙이며 누구인지 설명해 달라는 눈빛을 아빠에게 보냈다.

"엄마 아빠 대학 친구야. 유능한 작사가인데 재능을 썩히고 있어서 이렇게 양지로 끌어내는 데 애를 먹었다. 뇌물을 얼마나 바쳤나 몰라."

확인을 받고서야 줄곧 품고 있었던 덩어리들이 무안해졌다. 그나저나 이렇게 프라이빗한 공연이었다면 진솔이도 부를 걸 그랬다. 공연이 끝나면 갖가지 질문 세례를 감당해야겠지만, 열띤 호응을 보여 주는 관객의 역할을 톡톡히 해 주었을 텐데.

아빠가 마이크의 높이를 조정하는 사이에 희진 언니가 카페의 문을 열고 들어왔다. 이어 내가 잘 알고 있는 뒷모습의 아이도 들어왔다. 도윤선이었다. 우리는 어색하게 목의 움직임과 눈짓으로만 인사를 나누었다. 더 말을 붙여 볼까 망설이는데, 아빠가 마이크를 잡았다.

"아아, 마이크 테스트 원 투 쓰리, 원 투 쓰리. 자, 오래 기다리셨습니다. 아, 어떡하죠? 너무 떨리는데요······."

아빠답지 않게 손을 떨고 있었다. 아빠는 양옆에 선 엄마와 김지영을 번갈아 쳐다보더니 자신의 두 손을 마주 잡고 나를 바라봤다. 그런 아빠를 보니 나도 모르게 입가에 힘이 들어갔다. 떨림이 잦아든 아빠가 말을 이었다.

"여러분들은 노래의 효능을 어디까지 믿으시나요? 세모도 네모도 한순간에 동그라미로 만들어 주는 묘약이 바로 노래라고 저는 믿고 있는데요. 단 두 곡뿐인 작은 규모이지만 저희가 마음을 다해 믿음으로 준비한 공연을 보여드리겠습니다. 자, 그럼 시작합니다."

약장수 같은 오프닝 멘트였지만 긴장을 풀라는 의미로 힘차게 박수를 쳐 주었다.

솔직히 돈을 내고 누릴 만큼의 고퀄은 아니었고 공연 시간도 짧았지만 그런 건 중요하지 않은 건지도 모르겠다. 나란히 놓인 의자에 조르르 앉은 희진 언니와 나, 그리고 김지영의 딸은 선율에 맞춰 비슷한 방향으로 제각각 몸을 흔들었다. 반복적인 후렴에 맞춰 그 아이가 조그맣게 허밍을 하였고, 어디선가 달짝지근한 과일 냄새가 났다. 무엇보다 중요한 것은 엄마의 목소리가 마이크를 통해 울리고 있다는 거였다. 과연 세상의 모난 귀퉁이를 둥그스름하게 보듬어 주는 것 같은 엄마의 노래였다.

진녹색 양말

"너 우리 아빠한테 가서 나 남자친구 생긴 것 같다고 말했어?"

다은이가 내 가방끈을 붙들고 물었다. 화가 난 말투는 아니었다.

"아니. 난 그냥 아저씨 앞에서 혼잣말한 거야."

"야. 금진솔, 그 말이 그 말이잖아."

미간을 좁히며 어이없어하는 다은이의 모습을 보니 좀 미안하면서도 웃겼다. 결국에는 미안한 일이 되어 버렸지만, 나로서는 조금 억울한 부분도 있다. 카페 앞을 지나다 바깥에서 유리 출입문을 닦고 있는 다은이네 아빠와 마주쳤다.

"어, 진소올이구나."

눈이 마주치자 아저씨가 내 이름을 장난스레 불렀고 나도 인사를 드렸다.

"안녕하세요."

"다은이는?"
"몰라요. 어디 들를 데가 있다면서 먼저 가래요."
"그래?"
"남자친구 생겼나?"
작게 중얼거린 내 혼잣말을 들은 아저씨가 물었다.
"어? 다은이한테 남자친구 생겼어?"
순간 나는 당황해서 되물어 버렸다.
"네?"
"방금 다은이 남자친구 뭐라 말하지 않았어?"
"아, 아니, 그게 아니라……."
얼버무렸지만 아저씨는 내 반응을 긍정으로 알아들었는지 코옆을 손끝으로 문지르며 뜻 모를 미소를 지었다. 공짜 에이드를 한 잔 얻어 들고 나서야 괜한 오해를 불러일으켰다며 후회가 되었다.
"하여튼, 진솔이 너 입 가벼운 건 정말 알아준다니까. 넌 다 좋은데 이게 문제야."
다은이가 금붕어처럼 입술을 뻐끔거렸다.
"아니, 그냥 어쩌다 보니 그렇게 된 거라니까."
그럴 의도는 선혀 아니었다고, 당시 상황을 구구절절 설명하지는 않았다.

다은이가 내 어깨에 팔을 둘렀다.
"편의점에 새로 나온 비빔면 원 플러스 원이던데, 콜?"
"콜!"
꿉꿉한 느낌이 지워지지 않았지만, 내 입이 가벼운 걸로 여겨지는 것쯤은 별것 아니다. 내게는 정말로 무거운 것이 있으니까, 그걸 숨기기 위해 그 외의 모든 것은 가벼이 여기는 중이다. 그래야 균형이 맞는 느낌이라고나 할까. 이렇게라도 하지 않으면 그 비밀의 무게에 눌려 압사를 당할 것만 같다.

1년 전의 일이다. 가족 나들이를 갔다 오는 길에 할머니 집에 잠시 들른 참이었다. 집에는 안 계셨지만 베란다 창 너머로 아파트 벤치에 앉아 있는 할머니의 모습이 작게 보였다.
"내가 데려올게."
라고, 말했고
"모셔 온다고 해야지."
하고, 엄마한테 살짝 꾸중을 들었다.
할머니는 다른 할머니들과 담소를 나누고 있었다. 놀라게 해 드릴 작정으로 조용조용 다가가 뒤쪽 덤불에 몸을 숨겼다. 할머니들이 말하는 소리가 들릴 만큼 가까운 거리였다. 가운데에 앉은 우리 할머니는 주로 듣는 편이었다. 왼편에 벙거지 모자를 쓴 할머니가 말이 많았고, 오른쪽에 보행보조기를 둔 할머니는 곁장구 혹은 핀잔을 담당하는 듯했다.

"병진이가 이번에 또 나왔다고?"

"이번이 몇 번째인지. 또 얼마나 버티다 다시 들어가려나."

"병진이 지난번 기도원 들어갈 때는 영영 안 나올 것처럼 하지 않았어?"

"그러게, 근데 병진이가 아니라 명진이라니까."

"참, 명진이랬지. 아니 이름을 왜 바꾼 거여, 헷갈리게."

양쪽의 할머니들이 주고받는 말을 들으며, 나는 그저 우리 할머니를 어느 타이밍에 놀래어 주는 게 좋을까만 궁리했다. 눈을 크게 뜨며 나를 얼싸안아 주겠지, 생각만으로도 마음이 푸근해졌다.

"그래도 첫째 그 누구야, 상진이는 건실하니 토끼 같은 손녀도 안겨 주고 얼마나 좋아. 진솔이라고 그랬지? 많이 컸겠네."

그랬기에 대화 속 급등장한 아빠와 나의 이름에 깜짝 놀랄 수밖에 없었다.

"그렇다고 아픈 손가락이 안 아파지나."

"그래도 명진이가 집에 있는 게 마음엔 좋지?"

"기도원이 마음은 너 편하지 않겠어? 전문가 선생님들이 상주하고 있잖아. 밥도 챙겨 주고 약도 챙겨 주고."

할머니는 가만히 듣기만 했다. 양옆의 할머니들이 우리 할머니 대신 대답 비슷한 말을 해 주었기에 구태여 말을 얹을 필요가 없어 보이기도 했다.
"집에 있으면 자기만 더 고생이지, 뭐. 나오지도 않고 잘 먹지도 않는다니."
자기라고 불린 우리 할머니는 이번에도 조용했다. 나는 내내 덤불 뒤에 있었기에 할머니의 표정을 살필 수도 없었다. 어느 쪽으로든 폴짝 튀어 나가 할머니를 놀래어 주려던 계획을 없던 일로 되돌렸다.
"할머니—."
크게 빙 돌아서 자연스레 모습을 드러냈다. 할머니가 우리 쌀강아지, 하고 나를 안아 주었다. 할머니와 함께 할머니 집으로 돌아와 매실차를 마시며 아까 들었던 대화를 톺아봤다. 그러니까, 내게 아빠의 동생, 삼촌이 있다는 말이었다. 나는 왜 여태 몰랐을까? 한 번도 본 적도 들은 적도 없으니 몰랐겠지. 혹시 어렸을 때 보거나 들은 적이 있는데 기억하지 못하는 건 아닐까. 의구심이 꼬리에 꼬리를 물었다. 할머니 집에 줄곧 닫혀 있는 방문 하나도 여간 거슬리는 게 아니었다. 오늘뿐 아니라 내내 열린 적이 없던 문이었다. 집으로 돌아오는 길에 아빠에게 넌지시 물었다.
"아빠한테 동생이 있다던데?"

조수석에 앉은 엄마가 누구한테 들었냐고 물어서, 할머니랑 다른 할머니가 이야기하는 걸 우연히 들었다고 사실대로 말했다. 아빠는 내 말을 듣지 못한 것처럼 한참을 있다가,

"……응, 있지."

라고 한 박자 늦게 답했다. 운전대에 손을 얹은 아빠는 전방만 주시했다. 내가 운전석과 조수석 사이로 고개를 길게 빼고 물었음에도 나를 쳐다보지 않았다. 평소의 아빠와 사뭇 달랐다.

"삼촌 이름이 뭔데?"

"병진, 아니 명진이."

차선 두 개를 연이어 바꾼 아빠가 대답했다. 아까 그 할머니처럼 아빠도 삼촌의 이름을 혼동했다.

"그럼 금명진이야?"

"그렇지."

삼촌의 이름이 금명진이구나. 나는 여기까지만 묻기로 했다. 삼촌에 대해 궁금한 게 많았지만 그건 내가 직접 부딪치며 차차 알아 가야 할 것 같다는 직감이 들었다. 부딪치며 알아 갈 상상을 하니, 내 몸이 마치 한 대의 범퍼카라도 된 듯한 느낌도 들었다. 나는 때때로 상상력이 지나쳤다. 그게 삼촌과 통하는 부분이 될 술은, 당시에는 미처 알지 못했다.

엄마는 일이 있어 아빠와만 할머니 집에 간 날이었다. 아빠와 할머니는 아파트 주차 문제로 항의할 것이 있다며 관리사무소로 내려갔다. 목소리가 커질지도 모르는 상황이었기에 나보고는 집에 있으라고 했다. 그렇게 아빠와 할머니가 나가고 현관문이 닫히자마자 나는 벌떡, 소파에서 일어났다. 할 일이 있었다.

할머니 집에 오는 내내 피가 많이 나온 것 같았던 나는 현관에 들어서자마자 화장실부터 뛰어갔었다. 생리대를 갈고 볼일까지 다 본 다음, 딸깍하는 소리를 들었다. 이내 조용해졌지만 분명히 소리가 났다. 변기 물 내려가는 타이밍과 겹치긴 했으나 타일 벽 너머에서 들린 건 확실한 딸깍, 소리였다.

너머는 창고 방, 아니 열면 안 되는 방이었다. 옛날에 듣기로 아빠는 그 방을 창고 방이라고 불렀고 엄마는 열면 안 되는 방이라고 일컬었다. 할머니는 아무것도 아니라고 했고, 당시 살아 계셨던 할아버지는 방에 대해 어떤 말도 하지 않았던 것으로 기억한다. 어렸을 때 몇 번 들어가 보려고 시도했었는데, 때마다 저지를 당하고 나니 자연스레 방에 대한 흥미가 사라지고 말았다. 이조차도 아주 오래된 기억이다.

깊은숨을 내쉰 다음 오랜만에 그 방문으로 다가갔다. 겁이 나지는 않았고, 오히려 좀 설레었던 것 같다. 무엇이 그 방에 있을까. 정황상 삼촌이 있을 확률이 높았지만 확실한 건 아니었다. 귀여운 고슴도치가 있는 건 아닐까, 나는 고슴도치 알레르기가 있으니까 나를 보호하기 위해 고슴도치의 존재를 비밀리에 부친 건 아닐까, 하는 상상을 하기도 했다. 아니면 정말 창고 방일 수도 있겠지. 진짜 창고 방이라면 얼마나 괴상한 물건들이 숨겨져 있을까, 보물 같은 것이 있는 건 아닐까, 하는 공상도 했다. 동그란 문고리를 잡고 돌리기 전, 무엇이 안에 있든 간에 먼저 양해를 구해야겠다는 생각이 들었다. 처음 들어가는 거니까, 나는 손님이니까.

손님. 할머니 집에 오면 냉장고 문을 발칵발칵 열곤 했는데 내가 어렸던 언젠가 엄마가 내 두 팔을 잡고 말했다.

"그렇게 냉장고 문 아무렇게나 여는 건 실례야, 진솔아."

"왜?"

"손님이 어디 아무 문이나 열고 그래? 양해를 구해야지."

"내가 손님이야?"

"살지 않는 집에 가면 다 손님이야."

"가족이어도?"

"가족이어도 그럴 수 있어. 이제 그만."

내 말이 길어지면 엄마는 이제 그만, 하고 나의 질문 세례를 막았다. 그러면 나는 입을 다물어야 했다.

"할머니, 저 냉장고 문 좀 열어 봐도 돼요?"

나는 할머니에게로 바로 달려가 양해를 구했다. 엄마의 말대로 했을 뿐인데, 엄마는 아이고, 앓는 소리를 내며 못 말리겠다는 듯 고개를 절레절레 저었다. 할머니는 내 엉덩이를 토닥거리며 말했다.

"우리 쌀강아지가 양해를 구하면, 오케이 해 줘야지. 냉장고 열고 싶으면 열어라. 백 번 열어도 오케이다."

그랬던 적이 있으므로 딸깍, 소리가 났던 이 방문을 열 때에도 나는 양해를 구하기로 했다.

똑, 똑.

문고리에서 반 뼘 정도 올라간 위치에 대고 손가락뼈를 부딪쳤다.

…….

아무 기척이 없었다.

똑, 똑.

…….

여전히 고요했다. 조금 조급해졌다. 아빠와 할머니가 언제 돌아올지 몰랐고, 이렇게 할머니 집에 혼자 있는 시간은 흔치 않았다. 그야말로 절호의 기회였다.

나는 다시 문고리에 손을 올리고 시계방향으로 돌렸다. 덜컥, 소리가 나며 허탈할 만큼 너무나 쉽게 문이 열리고 말았다. 열면 안 되는 방의 문이 열린 것이다.

평범하기 그지없는 방이었다. 벽지는 거실과 같았고, 장판 재질도 다르지 않았다. 방문 맞은편에는 잠금쇠가 걸린 이중창이 있었다. 왼쪽 벽에는 간이침대가, 오른쪽 벽에는 노트들이 세워진 책상이 놓여 있었다. 그리고 조금 비뚜름하게 책상 앞 의자에 앉아 있는 사람. 얼굴의 정면은 보이지 않는, 뒷모습에 가까운 옆모습이었지만 바로 알아볼 수 있었다. 삼촌이었다.

미동 없이 안쪽 오른편 벽을 바라보며 앉아 있는 삼촌을 보아하니, 방문이 열리는 소리를 못 들은 것 같았다. 나는 내 발등을 내려다봤다. 삼촌 방에 들어가도 괜찮을지 내 발끝을 보며 잠깐 고민했다. 괜찮을 것 같았다. 문지방을 가만가만 넘어갔다. 참고 있었는지도 몰랐던 숨이 길고 깊게 나와 버렸다. 그 날숨의 끝에서 삼촌을 불러 봤다.

"저기."

기어들어 가는 목소리는 삼촌에게 가닿지 않았다. 삼촌은 회색 트레이닝복을 세트로 입고 있었다. 고릿한 냄새가 옅게 감돌았다. 방의 공기에서 푸르스름한 색감이 느껴진 게 기분 탓인 줄 알았다. 하지만 눈을 거듭 끔뻑거려 보아도 공기의 색깔은 희미하게나마 분명히 있었고, 나는 그게 이상하게 편안했다.

"저기요."

삼촌이라는 걸 알았지만, 삼촌이라는 호칭이 잘 나오지 않았다.

"저기, 저기요."

어느새 나는 삼촌의 책상 끄트머리까지 가 있었다. 책상 위에 손끝을 올리려는데 삼촌의 얼굴이 움직거리고 있었다. 마치 말을 하는 것처럼 얼굴 옆면의 광대와 턱이 계속 움직였다. 그러다가 삼촌이 오른팔을 슬그머니 들었다. 곧 얼굴의 움직임이 멈추었다. 그 모습을 보고서야 삼촌이 방문 열리는 기척을 이미 알았다는 직감이 들었다.

"삼촌."

용기 내어 불렀지만 삼촌은 응답하지 않고 나를 말끄러미 바라보기만 했다. 삼촌의 얼굴은, 당연하겠지만 아빠와 닮았고 할머니와도 닮았다. 그리고 나랑도 닮은 것 같았다.

"금명진 삼촌이시죠?"

이름이 불려도 삼촌은 별다른 반응이 없었다.

"음, 그러니까 저는 금진솔이라고 해요."

귀를 덮은 헙수룩한 머리는 방 안에 감도는 침묵만큼이나 무거워 보였다. 순간 주방에서 증기 배출을 시작한다는 밥솥의 알림이 들렸다.

"엄마야!"

갑자기 들린 소리에 심장이 털럭, 내려앉는 것 같았다. 엉겁결에 엄마 찾는 소리를 질러 버린 스스로가 멋쩍어져 얼굴이 뜨거워졌다. 그 와중에도 삼촌은 그저 나를 바라보기만 했다.

"그러니까 말이에요."

불안해서였는지 나는 말수가 많아지고 말았다.

"제 이름이 진솔이잖아요. 참 진에 거느릴 솔을 써요. 진실하고 솔직하게 자라라는 뜻으로 아빠가 지었대요."

잠자코 있던 삼촌이, 내가 처음 방에 들어왔을 때처럼 비스듬히 고개를 돌리고 다시 뭐라 뭐라, 입을 움직였다. 분명 무슨 말을 하긴 하는데 음성이 없는 말들이었다. 삼촌이 오른팔을 살짝 들었다. 아까와 같은 패턴이었다. 이제 나를 보겠지, 라고 생각했고 삼촌이 정말 몸을 돌려 나를 바라봤다. 그러나 그것도 잠시, 이전의 자세로 몸을 틀었다. 저기 삼촌, 이라고 부르고 싶었지만 사실 할 말이 있는 건 아니었다. 할 말이 없는데 왜 나는 삼촌을 부르고 싶어 하는 걸까. 나도 나를 이해하기가 어려웠다.

좀 더 나아가고 싶었다. 발걸음을 옮기는 데에도 삼촌에게 양해를 구해야 할까, 잠시 갈등했다. 줄곧 대답 없이, 아득하게 바라보기만 하는 사람에게 또 무언가 말을 건다는 건 쉬운 일이 아니었다. 삼촌을 부르고 싶은 마음을 꾹 누른 채로 차근자근 걸음을 옮겼다. 그건 아마도 삼촌에 대해 알고 싶은 마음이었는지도 모르겠다.

　삼촌 앞에 섰다. 거의 방 맨 안쪽까지 들어온 셈이었다. 삼촌은 벽지, 아니면 허공을 바라보며 입을 움직였다. 소리 없이 빠르게 움직이는 입 모양만으로는 무슨 말을 하는지 알기가 어려웠다. 격한 내용을 전하고 있는지 삼촌은 고개를 흔들었다가 눈살을 구기기도 했다.

　이번에는 삼촌의 위치에서 삼촌의 눈길이 닿는 곳을 쳐다봤다. 역시 허공 아니면 오돌토돌한 무늬가 있는 실크 벽지였다. 다른 무엇은 보이지 않았다. 조금 대범하게 나는 삼촌의 시선이 닿는 벽의 끝부분에 손을 뻗어 흔들어 보았다. 삼촌은 동요하지 않고 계속 무어라 말했다.

　"금명진 삼촌―."

　나는 조그맣게, 그리고 마지막 음절인 촌을 길게 빼며 삼촌을 불렀다. 삼촌은 누군가와 이야기를 주고받느라 여념이 없었다.

　"금병진 삼촌―."

　삼촌의 이름이 명진이라는 걸 알면서도, 아빠 입에서 잠깐 흘러나왔던 병진으로 삼촌을 새로 불러 봤다. 특별한 이유가 있어서는 아니었다. 그저 뭐라도 해서 삼촌의 주의를 끌고 싶었다. 금병진 삼촌이라고 부르자마자 삼촌 입술이 딱 멈추었고, 내 발가락이 빠짝 움츠러들었다. 삼촌이 나를 바라봤다. 삼촌의 공간에 너무 오래 머무르고 있다는 생각이 들던 차였기에 이렇게 말했다.

"저 이제 갈게요."

'어디?'

짧은 말이었고, 나의 말과 맥락이 이어져 있었으므로 삼촌의 입술 움직임을 읽을 수 있었다. 맥박이 빨라졌지만, 내색하지 않으려고 노력했다. 이 흐름을 잘 지켜야 한다는 걸 본능적으로 느꼈다. 손끝으로 거실을 가리키며 대답했다.

"밖이요."

사실은 밖으로 가고 싶지 않았다. 삼촌과 나의 결이 비슷하다는 느낌이 짙게 들어서였을까. 삼촌과 있는 게 조금 어색하긴 했지만 불편하지는 않았다. 좀 더 같은 공간에 있고 싶었다. 하지만 더 머무르는 건 왠지 실례 같았다. 더군다나 할머니와 아빠가 언제 다시 돌아올지 몰랐다. 만일 내가 열면 안 되는 이 창고 방에 함부로 들어간 걸 알게 되면 어떤 난리가 날지 몰랐다.

"흠흠."

삼촌이 목 가다듬는 소리를, 아니 미세하게나마 어떠한 소리를 냈다는 사실에 화들짝 놀랐다. 법솥 알림이 들렸을 때처럼 소리 내어 놀라지는 않았지만 속으론 그보다 더 크게 놀랐다. 어떤 놀람은 너무 충격적이어서 반응조차 할 수 없다. 나는 두 손을 맞잡았다. 긴장감으로 손금 사이에 땀이 맺혔다.

"그래."

삼촌의 목소리를 들었다. 삼촌을 본 이후로 혹시 말을 못하는 신체적 불편을 갖고 있는 건 아닐까, 넘겨짚고 있던 나는 당황하면서도 기뻤다. 삼촌과 드디어 말을 나눈 것이다.

"저 또 들어올게요."

들어와도 되어요? 라고 삼촌의 의견을 물었어야 했다고 생각한다. 그러나 나는 거절당하고 싶지 않아서 통보하듯이 말했다. 삼촌은 다시 허공, 아니 누군가와 적요한 말을 나누느라 바빴다. 삼촌의 반응을 내가 또 들어와도 된다는 승낙으로 해석하기는 어려웠다. 그러나 또 들어오면 안 된다는 거절로 보기에도 무리가 있었다. 나는 그냥 승낙이라고 여기기로 했다.

들어왔을 때보다 더 조심스럽게 뒷걸음질을 치며 방에서 나왔다. 삼촌의 얼굴이 설핏 보이는 각도에서, 삼촌이 빙긋이 웃었던 것 같은데 확실하지 않은 그 미소가 늦여름의 열기처럼 따사롭게 다가왔다. 문을 살그머니 닫았고 소중한 무언가를 다루듯이 방문 고리를 잠시 매만졌다.

그게 시작이었다.

"아빠한테 동생이 있다던데?"

"……응, 있지."

"삼촌 이름이 뭔데?"

"병진, 아니 명진이."

"그럼 금명진이야?"

"그렇지."

나는 오래도록 이 대화를 되씹었다. 어느 정도의 시간이 지난 후 내가 삼촌에 대해 다시 말을 꺼냈는지는 정확히 기억나지 않는다.

"아빠, 나한테 아빠의 동생인 그 삼촌이…… 있다고 했잖아?"

"응."

대답이 냉랭했다.

"이름이 병진이야?"

"명진이."

"왜?"

이름에 대해서 왜, 라고 묻는 건 이상한 질문이지만 아빠의 대답으로 인해 그다지 이상한 질문은 아니게 되었다.

"바꿨어. 병진이에서 명진이로."

"왜 바꿔?"

"아파서. 아프지 말라고."

"아, 더 좋은 의미로?"

"응."

개명한 것이다. 우리 반 반장도 이름을 바꿨다. 더 좋은 팔자로 살기 위해 돈을 주고 받아 온 이름이라며, 많이 불러 줘야 그 이름이 힘을 발휘한다고 그랬다. 아이들은 반장이 제발 그만하라고 할 때까지 바뀐 이름을 목이 터져라 불러 댔다. 그 이름 덕인지, 반장은 수학경시대회에서 최고점을 받았다.

"어디가 아픈데?"

동시에 나온 아빠와 엄마의 대답이 달랐다.

"머리."

"마음."

아빠는 머리라고 그랬고, 엄마는 마음이라고 말했다. 나는 대충 알아들었다. 그러니까 몸이 아닌 다른 어떤 곳이 좋지 않다는 의미였다.

"삼촌은 어디 있는데?"

알면서도 물어보는 능청을 피웠다.

"명진이가 안전하다고 믿는 데에."

엄마는 내가 이제 그만 좀 물어보길 바라는 눈치였고 아빠도 못마땅해 보였다. 하지만 금명진 삼촌에 대한 대화의 물꼬가 트였을 때, 최대한 많은 것을 알아내야 했다. 바로 지금이 삼촌에 대해 이야기할 수 있는 처음이자 마지막 때일지도 모른다는 예감 때문이었다.

"거기가 어디인데?"

"진솔아."

아빠가 시통하게 나를 불렀다.

"응?"

"왜 물어. 갑자기. 그런 건?"

그런 건? 서걱서걱 할 말을 끊어 내며 아빠는 어떤 벽을 세우려고 했다.

"그냥."

나는 무적의 대답을 했다. 아무 의미가 없다는 뜻의 그냥.

"그냥?"

"응. 그냥."

내 말소리가 작아졌다.

"명진이는 아파서 안전한 데에 가 있어. 앞으로도 우리가 만날 일은 없을 거야. 그러니까 지금까지처럼 삼촌은 없다고 생각해."

"……."

"삼촌에 대해서 물어보지 말라는 말이야."

엄마가 내게 아빠를 그만 괴롭히라는 듯 고개를 저으며 눈짓을 주었다. 정말이지, 엄마도 그렇고 아빠도 그렇고 둘 다 제넷내

로에 막무가내였다. 내가 아무것도 모르는 줄 알고 감추려 드는 태도가 치사하다는 생각도 들었다. 있는 삼촌을 없다고 생각하라니. 이런 억지가 대체 어디 있단 말인가. 하지만 겉으로 표를 내지 않으려고 애썼다. 나는 다 알고 있으니까. 닫혔던 삼촌의 방문을 열어 보았고, 앞으로도 그 너머를 넘나들 테니까.

할머니 집에서 혼자 있을 기회를 달라고 기도했다. 내 기도가 이루어진 걸까. 나 홀로 할머니 집에 있는 시간, 아니 나와 삼촌 이렇게 단둘만 있는 시간은 생각보다 자주 찾아왔다. 아빠는 할머니의 운동 부족을 심각하게 여기며 바깥 산책을 강조했고 할머니 집에 같이 따라나서는 나를 반가워했다. 나는 산책에 낄 때도 있고 끼지 않을 때도 있었다. 물론 산책에 합류하는 것은, 일종의 위장술이었다.

"오늘은 안 갈래요."

가져갈 게 아무것도 없는 집을 뭐 하러 지키냐고 할머니가 한 소리를 하였지만 들리지 않는 척했다. 삼촌과의 시간을 잠연히 기다렸다. 할머니와 아빠가 집에서 완전히 나갈 때까지, 흥미도 없는 텔레비전 프로그램에 몰입한 양 조그맣게 벌린 입을 다물지 않았다.

"진솔. 우리 나갔다 올게."

"아, 네. 다녀오세요."

정신이 반쯤 나간 것 같은 한 템포 늦은 인사도 사실은 연기였다. 현관문의 도어록 알림까지 들은 후, 텔레비전을 껐다. 갑작스레 집 안을 휘감는 정적이 달가웠다. 삼촌과의 시간이 도래했음을 알리는 서막처럼 느껴져 조금 들뜨기까지 했다.

똑, 똑.

…….

아무 대답이 없었지만 나는 늘 두 번에 걸쳐 노크를 했다.

똑, 똑.

그리고 문고리에 손을 올리고 가볍게 돌리면 열리는 문.

"병진이 삼촌, 저 왔어요."

뭉그적거리지 않고 들어가 침대에 걸터앉았다. 삼촌은 늘 누군가와 말을 하고 있었지만 위험해 보이지는 않았다. 현관 신발장에는 삼촌의 것으로 보이는 신발이 하나도 없었고, 화장실에 놓인 칫솔도 할머니의 것 하나뿐이었다. 모든 것이 미스터리하면서도 철저했다. 그 비밀 속에 오롯하게 들어와 있다는 것에 나는 묘한 설렘을 느꼈다.

금병진 삼촌에게 궁금한 것이 한두 개가 아니었다. 어딘가에 삼촌을 올려두고 밤새도록 청문회를 하고 싶을 정도로 파헤치고 싶은 것이 수두룩했다. 그중에서도 단연 알고 싶은 것은 삼촌이 말을 건네는 상대였다. 아무도 없는데, 아니 내 눈에는 아무도 보이지 않는데, 대체 누구와, 아니 무엇에게 어떤 이야기를 하는 걸까.

틈만 나면 그 문제에 골몰했다. 그냥 벽지일까. 그럴 수도 있지. 아니면 유령일까. 그럴 가능성도 있지. 그저 허공일까. 뭐 말이 아예 안 되는 건 아니지. 삼촌에게만 보이는 어떤 존재가 있는 걸까. 그렇다고 치면, 그 존재는 어떤 모양으로 생긴 걸까. 그리고 그 의미는 무엇일까.

삼촌과 대화다운 대화를 하는 경우는 거의 없었다. 침대 매트리스에 앉아 삼촌의 소리 없는 말들을 그저 바라보다가 나오는 게 전부였다. 삼촌과 말을 나누지 않았음에도 어느 정도 친밀해졌다고 느꼈는데, 그건 삼촌 방의 공기에서 푸르스름한 그 색감이 더 이상 보이지 않았을 때와 시기가 얼추 맞아떨어졌다.

나는 삼촌의 침대 끝에 앉아 삼촌과 같은 방향은 아니고, 그보다 조금 각도를 튼 곳을 바라보며 나대로 이야기를 늘어놓기 시작했다. 소리 없는 입 모양으로 학교, 학원, 가족, 친구 그리고 나의 이야기. 지금 다시 생각해 보면 소소하다 못해 사소한 일들뿐이었지만 그때의 내게는 더없이 중차대했다. 가령, 점심시간이 될 때마다 급식실로 뛰어가는 친구들이 전혀 이해되지 않았지만 같이 뛰지 않으면 함께 밥 먹을 아이들이 없는 상황에서 달리기도 싫고 혼자 먹기도 싫은 나의 딜레마에 대해서 열불이 나게 토로했다. 그러다 보면 내 말은 소리가 되어 나오기도 했다. 삼촌은 개의치 않았다. 삼촌은 삼촌만의 속도로 저 너머를 향해 소리 없는 말을 계속하고 있었고, 쉼이 전혀 없었다. 삼촌 곁에서 삼촌과 함께 말들을 쏟아 내고 나면 속이 후련해지곤 했는데 그 개운함이 정말 좋았다.

아무리 특별한 일도 몇 번 되풀이되다 보면 지겨워지기 마련이고, 나는 권태를 잘 느끼는 편이었다. 나의 말에 변형을 조금씩 가하기 시작한 건, 그 지루함을 이겨 내기 위해서였는지도 모르겠다. 역할을 바꾸어 보기도 했다. 급식실 지도 선생님에게 이입하여 뛰어오는 아이들을 신랄하게 꾸짖기도 하고, 내가 괜찮게 생각하던 학원 선생님으로 돌변하여 내게 사랑을 고백하기도 했다. 거짓을 보태 보기도 했다. 아빠와 절친한 사이가 되어 단둘이 자전거 여행을 떠나기도 하고, 로또 1등 당첨 사실을 다은이에게만 말해 주기도 했다. 그리고 삼촌이 되어 내가 이 방에 오는 게 얼마나 기쁘고 좋은지를 털어놓기도 하였다. 때로는 적당하게, 때로는 지나치게 상상과 바람과 거짓이 가미된 나의 말들에 나는 지겨움을 느낄 틈이 없었다.

함박눈이 막 그친 겨울날을 분명하게 기억한다. 아빠는 하루가 더 지나면 길이 꽝꽝 얼어 밖에서 걷는 게 어려울 거라며, 할머니와의 산책을 강행했다. 눈길이 아직 얼기 전이었고 할머니는 눈 밟는 뽀드득 소리를 좋아했다.

"왔구나."

그 겨울날을 기억하는 이유는 삼촌이 나의 인사에 처음으로 화답을 했기 때문이었다. 왔구나. 세 글자가 나의 심금을 울려서 목이 뻐근해졌다. 늘 그랬듯 삼촌 곁에 자리를 잡았다. 그리고 삼촌이 아닌, 아니 그 어떤 것도 아닌 것에 무언가를 열심히 털어놓고 또 꾸며 댔다. 삼촌과 달리 나의 말소리는 소리가 있을 때가 더 많았지만 우리 둘 다 신경 쓰지 않았다.

허기가 질 때의 나는 때와 장소를 가리지 않고 배에서 요란한 소리가 잘 났다. 엄마는 키가 크고 그러는 거라며 대수롭지 않게 여겼지만 분위기 파악을 못 하는 것도 모자라 모두를 민망하게 만들 때도 많았다.

꾸루룩 꾸룩.

방 전체에 울린 유별난 소리에 멈칫, 당황하고 말았다. 맥없이 삼촌의 눈치를 살피니, 삼촌이 오른팔을 잠깐 들었다가 내린 후 나를 보고는 고개를 갸웃거렸다. 무슨 말이라도 하려던 차에 삼촌이 먼저 입을 열었다. 그랬다. 삼촌이 내게 먼저 말을 건 것이다. 소리가 있는 말을.

"고구마 먹을래?"

"고구마요?"

"고구마."

고구마라는 단어가 생경하게 다가왔다. 병진이 삼촌이 의자에서 일어났다. 앉아 있는 모습으로 짐작한 것보다 키가 더 컸다. 아빠와 달리 다리가 긴 체형이었다. 일어선 삼촌의 앞쪽으로 노트가 여럿 있었는데 그 사이 보석함 하나가 열려 있었다. 새삼 눈에 띈 물건이었다. 손바닥 절반만 한 공간 안에는 진녹색 양말이 단정하게 개어져 있었다. 내가 양말을 바라보고 있자, 나의 시선을 의식한 삼촌이 보석함을 닫았다. 쇠로 된 걸쇠가 닫히면서 딸깍, 하는 소리가 났다. 딸깍. 들어 본 소리였다. 그날, 화장실 타일 벽 너머로 들었던 바로 그 소리였다.

보석함을 닫은 삼촌이 몸을 굽히더니 침대 아래에서 무언가를 꺼냈다. 두 손바닥을 위로 향한 채 한 뼘 반 정도 간격을 두고 우묵하게 모았다. 그것은 무엇이면서도 무엇이 아니었다. 아무것도 보이지 않았고, 아무것도 없었지만 삼촌은 그것을 먹으라고 했다. 아마도 삼촌에게만 보이는 고구마이리라, 나는 짐작했다.

내가 삼촌을 이상한 눈으로 보게 될까 봐, 황급히 시선을 떨어뜨렸다. 삼촌에게만 보이는 고구마를 나도 보려고 했다. 삼촌을 곤혹스럽게 만들고 싶지 않았다. 나는 내가 잘하는 걸 알고 있었다. 상상을, 거짓을 한 숟갈 더하는 일. 자신 있었다.

"진짜 고구마네요."

나는 그것을 받아 들고 먹는 시늉을 했다. 알이 굵은 찐 고구마들을 상상하며 껍질을 까먹었다.

"천천히 먹어."

"네, 진짜 달고 맛있어요."

삼촌이 나를 보며 빙긋이 웃자, 정말 고구마가 맛있게 느껴졌다. 나는 아귀아귀 먹으며 허기를 지웠다. 거짓말처럼 이내 포만감이 올라왔다. 삼촌도 하나 먹으라는 말을 하고 싶었지만, 행여나 고구마가 더는 남아 있지 않을까 봐, 그래서 거짓말이 거짓말로 밝혀질까 봐 그렇게까지는 하지 못했다. 실은 삼촌과 같이 먹고 싶었으면서도.

내가 삼촌에게 고구마를 권했다면 삼촌과 나의 이야기 결말은 달라졌을까. 아니 더 솔직해지자. 내가 양말을 갖고 나오지 않았다면 삼촌은 죽지 않았을까.

그날의 나는 삼촌 모르게 삼촌의 양말을 들고 나왔다. 삼촌이 아까처럼 다시 침대 아래로 몸을 수그릴 때였다. 고구마를 다시 넣는 것 같은 그 사이, 나는 팔을 길게 뻗어 그 보석함을 열었다. 닫을 때와 달리 소리가 나지 않았다. 양말만 꺼내어 잽싸게 입고 있던 티셔츠 안으로 숨겼다. 상자는 살짝 닫힌 채로 두었다. 제대로 닫았다가는 또 딸깍, 소리가 날 테니 나름의 치밀함을 발휘한 셈이었다.

이튿날 밤 삼촌의 부고를 들었다. 망연한 얼굴로 할머니가 말했다.

"믿기지가 않어. 갑자기 나갔어. 갑자기……."

방 안에 박혀 있던 삼촌이 마침내 집 밖으로 나갔다. 그리고 인근 공사장에서 떨어진 콘크리트 낙하물에 맞아 숨졌다.

누군가는 히키코모리인 삼촌의 외출이 바로 저승행이 될 줄 누가 알았겠느냐며 끌탕을 했고, 다른 어떤 이는 할아버지가 삼촌을 데려간 거라고 말하기도 했다. 또 다른 누군가는 갈 사람은 가는 거라는 말도 했다. 대체 갈 사람은 누가 정할 수 있는 걸까. 이러니저러니 나오는 말들은 몽땅 허튼소리였다. 삼촌이 죽었다는 건, 삼촌이 있다는 걸 처음 알게 되었을 때보다 더 믿기 어려운 일이었다.

삼촌의 죽음은 뉴스에 조용히 등장했다가 더 조용히 사라졌다. 어떤 사고는 이렇게 적적하게 흘러갈 수도 있다는 게 마음의 밑면을 계속 찔러 댔다. 가족들이 다 모인 때에 나는 삼촌을 만난 적이 있다고 실토했다. 호된 꾸지람을 들을 거라 겁을 먹고 있었지만 아무 일도 일어나지 않았다. 아빠는 별걸 다 말한다는 듯 나를 쳐다보았고, 할머니는 잘했다며 알 수 없는 어조로 읊조렸다. 엄마는 아주 작게 고개를 끄덕일 뿐이었다. 끝끝내 진녹색 양말에 대해서는 털어놓을 수 없었다.

1년 전 일어난 삼촌의 죽음은 의심할 바 없는 사고였고 누군가의 잘못, 특히 나의 잘못이라고는 전혀 생각하지 않는다. 당연히 그건 말도 안 되는 억지라고 생각한다. 이런 부단한 생각의 노력에도 불구하고 솔직히 나는 삼촌이 혹시 양말을 찾아 방문 밖을 나온 건 아닌지 의심하기도 한다. 갈 사람은 가는 거라고 누군가가 말했었지만, 설마 내가 가라고 삼촌을 떠민 건 아닐까. 설마 아닐 거야, 설마, 설마. 설마가 사람 잡는다는 말은 이럴 때 쓰는 건가 하는 생각까지 하다가 이 모든 생각을 떨치기 위한 의식처럼 마른기침을 연거푸 쏟아 내기도 한다.

삼촌을 보내고 얼마 안 있어 그 진녹색 양말을 버렸다. 혹독한 눈보라가 치던 날, 맨발에 슬리퍼만 신고 휘몰아치는 눈꽃 바람 속으로 들어갔다. 곱은 발가락으로 걷기가 어려웠지만 그렇게라도 나는 나를 벌주고 싶었다. 전봇대 옆에 놓인 쓰레기봉투의 틈이 조금 벌어져 있어서 그 안에 진녹색 양말을 쑤셔 넣었다.

나는 왜 그 양말을 꺼내 들고 나왔을까. 그게 정말 삼촌을 방 밖을 넘어 집 밖까지 나오게 한 걸까. 정녕 그것 때문에 나온 거라면, 나는 어떻게 하면 좋을까. 아니, 나는 당연히 몰랐잖아. 그

것 때문에 나오리라는 걸 내가 어떻게 알 수 있었겠는가.

"메리 크리스마스!"
다은이가 크리스마스 선물이라면서 양말 한 켤레를 주었다.
"마음에 안 들어?"
"아니."
"근데 표정이 왜 그래?"
양말을 받는 순간 나도 모르게 얼굴이 굳어 버렸나 보다.
"아, 나는 아무것도 준비 안 해서 그렇지."
"서프라이즈야. 너 빤짝이 들어간 거 좋아하잖아. 귀엽지 않아?"
"응. 귀엽다."
"우리 우정템이야."
다은이가 바지 밑단을 들어 올리며 신고 있던 양말을 보여 주었다. 나의 것과 같은 빤짝이 눈꽃 무늬에 색깔만 다른 양말이었다. 선물을 볼수록 그날 불어치던 눈처럼 마음이 갈피갈피 흩날렸다.
"표정이 왜 그렇게 안 좋아?"
"아, 생리통 또 도졌어."
다른 말로 둘러댔다.

"진통제 먹었어?"

"깜빡했어."

다은이가 자기 사물함에 비상약이 있다며 가지러 간 사이 홀로 남은 나는 내 손에 쥐어진 양말을 까마득하게 내려다봤다. 나는 매일매일을 양말을 신거나 신지 않고 지냈고, 그건 어떤 식으로든 삼촌에 대해 의식하고 있음을 의미했다. 그리고 어느 순간에는 그 일이 눈사태처럼 나를 덮치기도 했다.

"여기."

"땡큐 베리 감사."

다은이에게 받은 진통제를 물과 함께 벌컥 삼켰다.

알약처럼 삼켜질 수 없는 이것은 영영 숨겨야 할 나의 비밀이다. 오래오래 짊어지고 있어야 할 나만의 몫이다. 이 비밀만 지킬 수 있다면 그 이외의 모든 것에 대하여 입이 가벼운 사람으로 낙인이 찍혀도, 마냥 해맑고 엉뚱한 철부지로 비쳐진대도 그저 다행일 수밖에 없다.

삼촌이 그립고 삼촌에게 할 말이 많아도 혼자 견뎌 낼 수밖에. 아로새겨진 삼촌과의 시간이 아프게 애틋해도 감내할 수밖에.

거짓말의 진심

제우야…….

하, 미쳤나 봐. 이렇게 너의 이름을 부르는 것만으로도 누군가가 내 가슴팍에 돌팔매를 해 대는 것처럼 고통스러워. 그래, 나는 너에게 미쳤어. 너는 오늘도 진솔이만 보고 있지만 말이야. 어딘가 어두컴컴하고 흐리멍덩하면서도 이따금 속궁리가 따로 있는 것처럼 밝은 척을 해 대는 애가 뭐가 그리 좋다는 건지 모르겠다만.

나도 알아. 잘 알지도 못하면서 누군가를 부정적으로 단정 짓는 건 옳지 않다는 걸. 그렇지만 진솔이와 너를 보고 있으면 나는 내가 아닌 내가 되어 버려.

그래, 너는 진솔이를 좋아하지. 근데 그거 알아? 네가 진솔이를 좋아하는 마음은 내가 제우 너를 좋아하는 마음의 반의반도 안 된다는 거. 어떻게 그렇게 장담하느냐고? 나는 너를 진짜……

와락 주저앉아 울어 버리고 싶을 만큼 좋아하니까.

처음에는 진솔이에 대한 너의 관심이 저절로 삭아 없어지기만을 기다렸어. 그래야 내가 비집고 들어갈 틈이라도 생길 테니까. 그게 가장 바람직한 전개일 테니까. 하지만 너는 전혀 그럴 기미가 없더라. 너의 지고지순한 그 마음마저도 어찌나 탐스럽던지. 그래서였나 봐. 어쩌다 복도에 혼자 남게 된 네게 그런 말을 한 건.

"야, 신제우! 너 금진솔 좋아하냐?"

단박에 불그스름해진 너의 두 귀에 나는 슬퍼졌어. 그리고 자제력을 잃어버렸지.

"너 근데 모쏠 아님?"

"그래서?"

네가 되물었어.

"그러다 금진솔이랑 사귈 때 엄청 뚝딱거리는 거 아니야?"

그 짧은 시간에 금진솔이랑 사귀는 상상이라도 한 것처럼 너는 두 귀에 이어 목덜미까지 새빨개졌어.

"연습이라도 해야 하는 거 아니냐고."

"연습?"

"연애 연습 같은 거 말이야."

생각해 본 적 없던 말들이 입 밖으로 술술 흘러나왔어. 나지 밑이 빠져 버린 독에서 새는 물처럼, 내 말을 막을 수 있는 건 없었지.

"이건 비밀인데, 사실 나도 누군가를 좋아하고 있거든. 아무래도 금방 사귈 것 같은데 나도 제대로 된 경험은 없어서 말이야. 연습을 미리 하면 뭐랄까, 좀 더 스무스하게 할 수 있을 것 같단 말이지."

누군가는 다름 아닌 너 신제우였어. 나는 너를 갖기 위해 다른 사람을 좋아한다고 거짓말을 치고 있는 거야.

"그러니까 너도 금진솔이랑 연애하기 전에 연습을 하면 좋지 않을까, 해서."

"아니, 그러니까 백승미 네 말은 설마 너랑 나랑 사귀는 걸 연습해 보자고?"

"오, 좀 알아듣네."

요동치는 심장이 드러나지 않도록 연기를 했어.

"그게 말이 돼?"

"뭐 안 될 거 있나? 상부상조. 누이 좋고 매부 좋고라는 말도 있잖아. 뭐, 신제우 네가 내키지 않으면 말고. 평안 감사도 저 싫으면 그만이라니까."

잘 나가다가 속담 아는 척을 왜 해 댔는지. 여기서 더 뚝딱거리다가는 모든 걸 망치게 될까 봐 입을 다물었어. 당장 거절할 줄 알았는데 네 두 눈은 해답을 찾는 듯 깊어졌어. 그 눈동자에 또렷하게 담길 수 있는 사람이 오직 나 하나뿐이라면 얼마나 좋을까.

"급한 건 아니니까 생각해 보고 말해 줘."

내가 먼저 돌아섰어. 그대로 있다가는 달아오른 얼굴이 발각될 테니 말이야. 너를 향한 내 진심을 들키는 건 위험하니까.

하루. 이틀. 사흘. 나흘. 네 답을 기다리는 동안 나는 가슴이 좁아드는 것처럼 힘이 들었어. 강박증이 있는 사람처럼 휴대폰을 연신 확인하고 입맛도 없어졌지. 엄마는 어디 아픈 거 아니냐며 아침저녁으로 내 이마를 짚곤 했어. 건전하지 못한 제안을 충동적으로 했다는 것을 누구보다 잘 알고 있었지만, 다시 주워 담고 싶지는 않았어.

이러다가 정말 어떤 일이라도 낼 것 같을 즈음에, 네가 나를 교실에서 불러냈지. 그때 나는 짝꿍의 이야기가 너무 웃겨서 책상을 두들기며 목젖이 보일 만큼 크게 웃고 있었는데, 네가 나를 부를 줄 알았다면 입이라도 좀 가리고 웃을 걸 하는 후회가 들었어.

우리는 아이들 눈을 피해 아무도 없는 과학실 안으로 들어갔어. 단둘이 한 공간에 있게 되자 온 우주를 다 가진 것 같은 벅찬 떨림에 휩싸였고, 과학실 특유의 이상한 냄새까지도 온전히 나만을 위해 존재하는 것 같았어.

"백승미."

내 이름 세 글자가 네 입에서 나오는 순간, 두려움과 설렘이 반반인 마음으로 너의 얼굴을 쳐다봤어. 내심 아침에 바른 입술 틴트 색깔이 다 날아가 버린 건 아닌지, 앞머리의 볼륨이 엉망으로 가라앉은 건 아닌지, 심각하게 염려하면서.

어제보다 어깨가 더 늠름해진 네가 기다란 손가락을 까딱거렸어. 세상 통틀어 너와 나만 아는 내밀한 비밀이 막 시작되려던 참이었고, 나는 그 몽글몽글한 긴장감이 미칠 듯이 기꺼웠지.

"왜? 숙제 안 해 왔냐?"

나는 모르는 척 딴소리를 했어. 이렇게까지 뻔뻔스러워지고 싶지는 않았지만, 일종의 전략이었지.

"그게 아니고."

너는 말을 어떻게 시작할지를 몰라 조촘대고 있었는데, 그 모습이 얼마나 귀여웠는지 몰라. 잇새로 피어오르려는 미소를 감추려고 간단없이 노력해야 했어. 다음 말을 찾느라 안으로 말려 버린 너의 입술. 입술 끝에 지어진 잔주름들. 그 주름 사이를 내 손끝으로 더듬을 수 있을까. 사귀는 연습을 하게 된다면 그럴 수 있지 않을까.

"저번에 네가 말한 거."

나의 말에 너는 무려 5일 가까이 고민을 했던 거야. 이처럼 매사에 진중하고 사려 깊은 너를 내가 어떻게 좋아하지 않을 수 있을까.

"그 연습이란 거 말이야."

"아? 그거?"

나는 이제야 기억이 났다는 듯 고개를 살짝궁 기울였어.

"해 볼 수 있을까 해서."

나이스! 속으로 두 발을 번갈아 구르면서 쾌재를 외쳤어. 겉으로는 짚고 있던 짝다리의 무게중심을 바꾸며 얼굴의 방향을 살짝 돌리기만 했지만 말이야. 나는 왼쪽보다 오른쪽 옆얼굴이 더 자신 있거든. 오른 쌍꺼풀이 더 진하기도 하고 아침에 덧칠한 눈썹도 오른쪽이 더 맵시 있었으니까.

"근데 어떻게 시작해야 할지를 모르겠어."

대답이 궁한 참에 수업 종소리가 울렸어.

"연락해."

연락하라니. 연락을 하라니! 나는 마음속으로 고함을 크게 내질렀어. 그렇게 너와 나는 메시지를 주고받기 시작했어.

─ 근데 니는 누구를 좋아하는데?

너의 첫 질문이었어.

―그건 중요한 게 아닌 것 같아. 별로 말하고 싶지도 않고.

진짜 중요한 것은, 너와 내가 연애 연습을 시작했고 오늘이 대망의 첫날이라는 거지. 너는 불공평하다면서 투덜댔지만 내가 난감할 정도로 조르지는 않았어. 투덜거리는 문자에도 네 얼굴과 목소리가 어룽거리는 듯해 나는 휴대폰 액정을 연신 으깨듯 쓰다듬었어.

―일단 애칭부터 정하자.

나는 너를 달콤이라고 부르고 싶었어. 용기를 내어서 달콤, 이라고 말을 하니 너는 너무 오글거린다고 했지. 좌절하는 이모티콘을 연달아 보내면서.

―나를 금진솔이라고 생각해 봐. 그래도 나보고 오글거린다고 할 거야?

―아, 미안.

―잘 좀 하자.

―응.

수긍이 되는 부분을 빠르게 인정하는 태도는 내가 좋아하는 너의 면면 중 하나였지만, 내 마음은 풀썩 꺼졌어. 내가 금진솔의 대체재라는 것이 다시금 상기되었으니까.

네가 생각한 애칭은 솔이, 였어. 금진솔 이름의 끝 자만 딴 애칭이었지. 백승미의 미야, 였다면 얼마나 좋았을까. 아니 그냥 내 이름이 백승솔이었어도 나는 좋았을 거야. 나는 연습장 뒤에 백승솔이라는 이름을 괜히 써 봤다가 지웠어.

너는 학교 안에서는 우리가 예전처럼 지내기를 바랐어. 언제 어디에서 금진솔과 마주칠지 모르니 조심하는 게 좋겠다면서. 나는 매주 일요일 오후 두 시부터 네 시까지를 우리의 정기적인 데이트 일정으로 삼자고 했어.

—어디서?

—우리 집 괜찮아?

—비어?

—응.

—그래, 그게 안전하겠다.

그리고 짜릿하겠지.

나는 우리가 맞이할 일요일의 날들이 두려울 정도로 두근거리고 기대되었어.

모든 시작이 그렇듯 우리의 시작도 어색했어.

"금진솔한테도 이렇게 할 거야?"

이 말은 우리의 연습, 아니 우리의 연애에 있어 맞수가 없는 말이었지. 구세불능 로봇처럼 쭈뼛대는 너를 고쳐 줄 만능의 기름칠이기도 했어. 그렇게 너는 나의 머리를 쓰다듬고, 눈웃음을 싯고, 내 볼을 꼬집고, 내 입가에 묻은 케이크의 생크림을 닦아 주고, 내 손을 잡았지.

나는 바랐어. 드라마를 찍다가 극 중 연인과 실제로 사랑에 빠지는 배우 커플처럼 우리도 그러하기를. 연기하다 보니 진짜 감정이 생겼다고 고백하는 일이 우리의 일이기를. 나를 바라보는 너의 눈빛과 따뜻한 그 미소가 가짜일 리가 없잖아.

집에 단둘만 있으려니 분위기가 자꾸 야릇하게 흘러가더라고. 그런 기류가 나는 싫지 않았지만, 슬슬 겁이 나긴 했어. 제우 네가 불편해한다면 우리의 특별한 연애는 오래가지 못할 테니까. 나는 온 집 안의 창문을 모두 활짝 열어 버렸지. 다행히 바깥 날씨는 매번 나쁘지 않았어. 밀폐되지 않은 공간에서 너는 한결 편안해 보였고, 내 마음 한구석에는 뚜껑 열린 틴트가 돌아다니는 것 같았지만 어쨌든 네가 괜찮아 보이니 나도 괜찮았어.

우리가 처음 손을 잡았던 순간을 기억해. 식탁에 마주 앉아서 청귤향이 나는 차를 마셨잖아. 집에 있던 티백이라고 했지만 그건 거짓말이었어. 너와 마시려고 인터넷을 열심히 검색한 다음 산 거거든. 후기에 이걸 마시고 썸남이랑 잘되었다는 글이 있었는데 도저히 지나칠 수 없었어. 향이 참 그윽하다는 네 말에 내가 얼마나 기뻤는지 몰라.

"처음 스킨십은 자연스러워야 하는 거 알지?"

내 말에 너는 마른침을 꿀꺽 삼켰어. 너의 동그란 목울대가 꿀렁거리자 내 속도 덩달아 꿀렁댔어. 나는 급히 시선을 돌렸지.

"어떻게 해야 자연스럽지?"

너는 내게 물었어.

"그냥 아무 대화나 나누다가 슬며시……"

"아무 대화? 슬며시?"

"일단 어제 뭐 했는지 이야기를 나눠 보자. 제우 네가 타이밍을 봐서 내 손을 자연스럽게 잡아 봐. 난 이렇게 있을 테니까."

왼손을 식탁 위에 아무렇지 않은 척 올렸고, 오른손으로는 찻잔 손잡이를 잡았어. 우리는 어제 있었던 일들을 이야기하기 시작했어. 너는 오랜만에 방을 청소했다 그랬고, 나도 벼르던 책상 정리를 했다고 말했지. 야식으로 짜파게티를 끓여 먹었다고 덧붙인 네가 내 손을 잡았어. 와락, 잡은 건 아니고 손가락만 얽힌 정도였지만 그건 우리의 첫 스킨십이었고 나는 얼어 버렸지.

"괜찮았어?"

첫 과제물을 선생님께 보여 주는 어린아이처럼 네가 물었어.

"나쁘지 않았어."

"그 말은, 좋지도 않았고?"

"손가락만 잡으니까 그렇지."

이런 대화를 주고받으면서도 너와 나의 손가락은 얽힌 채였어.

거짓말의 진심 127

내 속의 심지가 들썽거렸어.

"잠깐!"

나는 네가 내게서 손을 완전히 떼어 낼까 봐 초조했어.

"바로 이 상태에서 자연스럽게 손바닥 전체를 감싸 봐."

"이렇게?"

"아니, 이렇게."

나는 서툴게 움직이는 너의 손을 냉큼 맞잡았고 너는 꼭 붙은 우리 손을 쳐다봤지.

"눈은 나를 봐야지."

나는 네 눈길을 붙잡았어.

"솔이야, 너 손이 참 부드럽다."

솔이를 부르고 있었을지언정 부드러운 것은 다름 아닌 바로 내 손이었어. 금진솔의 손이 아닌 백승미의 손. 손의 살결을 선두에 세워 너의 마음속에 정식으로 진입한 것만 같아 의기양양해졌지만 자만하지 않으려고 정신줄을 부여잡았어. 나보다 체온이 조금 높은 것 같은 너의 손바닥은 눅눅했는데, 내게는 그저 기분 좋은 촉촉함이었어. 나는 다시 한번 정신을 다잡으며 너를 타일렀어.

"그렇게 말하면 손을 잡으려고 내내 타이밍을 노렸던 게 티가 나잖아. 그냥 자연스럽게 넘어가. 매번 손을 잡아 왔던 오래된 연인처럼 말야."

"아, 미안."

나는 다시 너의 손을 힘주어 잡았고 너는 내게 손을 맡겼지. 기억나? 우리 같이 마주 보고 웃었잖아. 정말 좋았어. 너도 그랬지?

제우 너에게 소중한 존재가 되고 싶을수록 진짜 나는 헛된 존재가 되어 가는 것만 같았지만, 도독한 너의 입술만은 꼭 가지고 싶었어. 늘 거스러미를 달고 있는 입술이라고 할지라도 나의 첫 상대가 기필코 너였으면 좋겠다고 열망했지. 나는 자연스럽게 스킨십을 화두에 올렸고, 그렇게 우리는 손깍지까지 끼었지만 그 이상은 나아가기가 어려웠어.

내가 조금만 가까이 다가가도 너는 눈꺼풀을 내려 버렸지. 완강한 거절 의사 같았어. 닫힌 눈꺼풀 안에는 내가 없겠지. 금진솔만 둥실거리겠지. 입맞춤은커녕 너의 살 내음도 제대로 맡지 못한 게 무척 섭섭하긴 했지만 어쩔 수 없었어. 아무리 너의 입술이 소담스럽다고 하더라도, 온몸으로 발산하는 거부의 신호를 비집고 들어가고 싶지는 않았어. 그러기엔 내가 너를 너무 좋아했으니까.

이런 말을 하기에는 조금 낯부끄럽지만 나는 너와 함께 있을 때마다 너의 바지 앞섶을 몰래 훔쳐봤어. 나는 일요일마다 파인

브이넥 윗옷을 어깨 선 앞으로 조금 내려 입거나 페로몬 향수라는 별명을 가진 바디워시를 듬뿍 사용했으니까. 남자의 신체적 변화는 이성과는 별개일 수 있다고 들은 적도 있으니까, 혹시라도 나의 어떤 부분이 너를 자극할 수도 있지 않을까, 하는 기대 때문이었어. 그러나 모두 무용했지.

함께하는 일요일이 쌓여 갈수록 열락이 가득 찰 줄 알았는데. 구멍 뚫린 풍선처럼 무언가가 피융, 하고 새어 나가는 것 같았어.

네가 돌아갈 때면 늘 현관에서 배웅을 해 주었는데 그날은 마침 해야 할 분리수거가 있어서 같이 내려가기로 했지. 엘리베이터 문이 닫히자마자 네가 할 말이 있다고 했어. 연애 상대에게 하는 용건이었다면 우리 집에서 했을 테지만, 그러지 않은 걸 보니 뭔가 나쁜 예감이 들었어.

"뭔데?"

"이게 연습이 되는 것 같긴 한데 말이야."

"근데?"

"뭔가 잘하고 있는 것 같지가 않아. 너는 어때?"

"어?"

"너는 그 사람이랑 잘되어 가?"

너의 물음과 동시에 엘리베이터가 1층으로 내려갔는데, 내게는 마치 곤두박질처럼 느껴졌어. 내가 말을 않자, 너는 금진솔과 가까워질 기색이 도무지 보이지 않는데 이렇게 전혀 상관도 없는 사람이랑 연습을 하는 게 무슨 의미가 있는지 모르겠다며 쓰게 웃었어.

전혀 상관도 없는 사람이라니. 나는 머리가 핑그르르 돌아 버렸지.

"고백이라도 할 참이야?"

당연히 너는 그럴 용기가 없을 줄 알았어. 내 앞에서는 솔아, 솔아, 라고 덥석덥석 잘도 부르지만 정작 금진솔 앞에서는 말도 잘 못하는 꺼벙이니까. 그런데 너의 눈이 반짝였어. 엄청나게 좋은 아이디어를 맞닥뜨렸다는 듯이 말이야. 그 반짝임은 나를 상심의 나락으로 밀어 버렸고.

"어떻게 하는 게 좋을까?"

1층에서 엘리베이터 문이 열리자 네가 물었어. 난 톡 쏘아붙였어.

"그런 건 네가 알아서 해야지."

"어?"

"……."

하고 싶은 말도, 할 수 있는 말도 없었어.

"우리 시모가 갈되기를 도와주는 사이 아니었어?"

너는 당혹한 표정으로 떠듬떠듬 물었지.

"그거야 일요일 네 시까지고, 지금은 타임 오버잖아."

내 말에 너는 입을 꾸욱 다물었어. 내가 좀 너무했다는 생각이 아예 안 들었던 건 아니야. 그렇지만, 나도 마음이라는 게 있다고.

집으로 돌아오자마자 머리칼을 쥐어뜯었어. 머릿속이 엉망진창이라 온수로 몸을 오래 씻었어. 뜨거운 물은 피부에 안 좋다고 하지만, 만병의 근원인 스트레스보다는 낫지 않겠어?

물기가 뚝뚝 흐르는 머리칼을 말리지 않은 채로 리스트를 써 내려가기 시작했어. 네게 도움이 될 만한 고백 방법 말이야. 고백이 실패하길 바라면서 구상하는 고백 방법이라니, 모순 그 자체였지만 나는 너를 외면할 수 없었어. 왜냐면 너를 원하니까. 우리 둘의 끝이 어떻게 될지도 모른 채 내 마음은 점점 곤죽이 되어 갔어.

1. 편지
2. 돌직구 고백 + 꽃다발(너무 큰 거 말고 작은 것으로)
   (추천 장소: 빈 교실 또는 집 앞)
   (주의 사항: 꽃말을 미리 찾아볼 것)
3. DM + 메시지 확인 후 바로 만날 수 있도록 준비
   (이유: DM만 보내면 진정성이 없어 보이고 겁쟁이 같음)

4. 일단 데이트 신청 후 고백

(추천 장소: 자연스럽게 집 근처 카페 vs 놀이터(애들이 없는 시간!))

5. 전화 통화

6. 선물을 이용한 고백(선물이 뭐가 좋을지는 스스로 생각할 것)

모조리 다 내가 너에게 받고 싶은 고백 방법이었어. 나라면, 어느 것이든 다 좋았을 거야. 여기 없는 방법일지라도 대답은 예스일 테니.

장문의 메시지를 확인한 네가 답장을 보냈어.

—이 중 뭐를 가장 추천해?

진짜 바보 아니야? 그 정도도 혼자 결정하지 못하는 거냐고. 교실에서의 네 성격으로 미루어 보아서는 상상도 안 되는 수동성이었지만, 나는 알았어. 네가 금진솔을 너무 많이 좋아한 나머지 조심성과 소심함이 극도로 치달은 거라는 걸. 금진솔에 대해 잘 아는 건 아니었지만, 어떤 방법을 가장 싫어할지 머리를 굴리기 시작했어.

—6.

성의 없이 답장을 보낸 다음 이어서 덧붙였어.

—가능한 한 비싼 신물로.

누구든 그런 선물은 싫어할 것 같았거든. 이렇다 할 썸도 없는데 다짜고짜 값비싼 선물을 무기 삼아 고백한다는 건 너무 개연성이 없잖아.

어떤 선물이 좋을지는 스스로 생각하라는 괄호 속 문장에 너는 상당히 집중하는 눈치였어. 학교에서 문득문득 내 시야에 들어오는 너는 정신이 딴 데 팔려 있는 것 같았으니까. 텅 빈 공중 아니면 금진솔의 근처에 너의 눈길이 머물렀지. 금진솔의 취향을 파악하려고 갖은 노력 중인 네 모습이 내 마음을 갈기갈기 찢어 놓았어.

아는 애한테 고백받은 적은 몇 번 있었지만, 아예 모르는 남자 사람이 내 휴대폰 번호를 물어본 것은 처음이었어. 내가 헌팅당했다는 걸 너에게 흘리듯 말해 볼까 말까 고민했어. 질투심 유발 작전이 먹힐지 누가 알겠어. 난 지푸라기라도 부여잡고 싶은 심정이었으니까.

횡단보도 불이 바뀌길 기다리며 영어 단어를 외울 때였어. 반바지를 입은 외국인이 내게 영어 공부가 재미있냐고 물어보더니 나만 괜찮다면 친하게 지내는 게 어떠냐고 묻는 게 아니겠어? 내가 왜냐고 되물었더니, 내가 골져스해서 그렇대. 골져스? 내가 되묻자, 단어 수첩을 넘기는 손짓이나 햇빛에 반짝거리는 머리카락이나 내가 서 있는 포즈 등 모든 것이 골져스해서 친해지고 싶대.

내 전화번호를 알고 싶대. 영어를 잘하는 편은 아니었지만 이상하게 그 사람 영어는 다 알아들을 수가 있더라고. 나는 서글퍼졌어. 내가 좋아하는 사람이 아닌 다른 사람에게 관심을 받는다는 건 하등 쓸모없는 일이라는 걸 절감했으니까.

난 싫다고 말했어. 제우 네가 아니면 다 싫어. 내가 마음에 들었다는 말을 남기고 돌아서는 외국인이 하나도 아쉽지 않았어. 마음에 드는 사람 앞에서 마음에 든다고 말하는 그 솔직함만 부러웠을 뿐.

일요일의 너는 어딘가 긴장한 얼굴이면서도 평소보다 더 빛이 났어. 누군가는 그저 네 피부가 매끈하다고 생각할 수도 있겠지만 나는 네가 비비크림을 솜씨 좋게 발랐다는 걸 알아챌 수 있었어. 마음이 불안해졌어. 이전에 나를 만나러 왔던 너의 모습과는 달랐으니까.

"승미야."

현관에서 운동화를 벗지 않고 네가 나를 불렀어. 왠지 네게서 내 이름을 듣는 게 하나도 좋지가 않더라.

"이거 너 먹어."

민트 초콜릿이있어.

"너무 비싼 건 부담이 될까 봐 이걸로 준비했다가 아무래노

거짓말의 진심 135

백승미 네 말이 맞는 것 같아서. 이거는 그냥 그동안 너한테 고마워서……."

그러니까 너는 금진솔한테 차마 못 줄 고백 선물을 나한테 버리려는 거였어.

"고마워."

초콜릿의 의미를 모르지 않으면서도, 너에게 무언가를 받았다는 것만으로도 나는 바보처럼 설레기 시작했어. 금진솔과 달리 나는 반민초단에 가까웠음에도 불구하고 민트 초콜릿을 아껴 먹어야겠다고 생각하는 동시에 금진솔한테는 대체 어떤 선물을 주려는 건지 궁금하기도 했지.

"나 지금 금진솔한테 고백하러 갈 거야."

조만간 이런 날이 올 거라는 걸 알고 있었음에도, 네 얼굴을 보자마자 그날이 바로 오늘이란 걸 직감했으면서도, 직접 그 말을 듣자 내 안의 무언가가 쿵 떨어지는 느낌이었어.

"그니까 우리 연습 이제 그만하자."

다시 한번 쿵. 오늘따라 긴장한 너의 얼굴은 곧 만날 금진솔 때문이었지. 다급해진 나는 으름장을 놓았어.

"걔가 고백 안 받아 주면? 그럼 어쩔 건데?"

"그럼 하는 수 없지."

너는 순순했어.

"그래도 연습이 필요가 없다고?"

말끝이 떨리며 돌연 애걸하는 말투가 되어 버린 내가 마뜩잖았어.

"응."

왜 그렇게 단호한 거야. 너는 손목시계를 힐끗거렸어. 중요한 일정을 위해 중요하지 않은 일을 빨리 해치우려는 사람처럼.

"그런 도움은 필요 없는 거 같아."

"왜?"

"진심에 대한 예의가 아닌 것 같으니까."

"무슨 진심?"

"내 진심. 그리고 너의 진심."

나는 아무 말도 할 수 없었어. 신제우 너는 늘 이런 식이었어. 그렇게 말간 얼굴과 목소리로 내 심장을 푹푹, 찔러 댔지. 너는 내 의사 따위는 물어보지도 않았어.

내 진심이라니. 나는 너에게 좋아한다고 말하고 싶었지만 너를 너무 많이 좋아해서 그 말을 할 수조차 없었어.

"그래, 고마워."

내가 왜 고맙다는 말을 해 버렸는지, 그때는 몰랐지만 이제는 알겠어. 어쩌면 나야말로 이 뒤죽박죽 볼썽사나운 연극판이 엎어지기를 바라 왔던 것인지도 몰라.

너는 그렇게 가 버렸어. 신제우 네가 금진솔이랑 잘되든 안되든 그건 별로 중요한 게 아니겠지. 네게 나는 안중에도 없고, 내 거짓말의 진심은 너에게 닿을 수 없다는 게 중요하겠지.

문득 생각나. 우리가 데이트 연습을 하기로 한 첫날, 너는 이 연습을 껄끄러워했어. 머리로는 이해하면서도 마음으로는 몹시 속상하고 섭섭했지. 기억나? 내 어릴 적 친구 곽성민한테 들킬 뻔했던 거. 정거장에서 만나 우리 집으로 함께 가던 길이었잖아. 걔가 내 등을 꾹 눌러서 나도 깜짝 놀랐어. 그 아이는 이 동네에 살지 않거든.

"너 왜 나 못 알아보냐?"

너만 보느라 성민이가 나에게 손을 흔든 것도 못 알아봤던 모양이야.

"어? 네가 여기 왜 있어?"

성민이를 정말 오랜만에 보는 거였지만 반갑지가 않았어. 외려 너와의 사이를 방해하는 훼방꾼처럼 여겨졌지.

"여기도 우박이 내렸었지?"

성민이가 우박 이야기를 하며 내게 건네준 건, 물이 약간 들어 있는 자그마한 빈 병이었어. 얼마 전 우박이 내리긴 했지만, 뜬금없는 이야기라 황당하기만 했지. 내 옆에서 거리를 어정쩡하게 벌리고 있는 너를 보는 건 그야말로 고통스러웠고.

우박이 내리던 날, 나는 학원을 마치고 집으로 가는 길이었어. 내 우산 위로 내리는 것이 통통한 빗방울인 줄 알았는데 그 기세가 심상치 않았어. 아스팔트 바닥을 내려다보니 굵은 소금의 결정, 아니 어떤 광물의 조각과 같은 것들이 발랄하게 튀고 있더라고. 책에서나 읽었던 우박을 실제로 본 것은 처음이었어. 신기하다고 생각하는 그 순간에도 나는 너를 떠올렸어. 너는 어디에서 이 우박을 만나고 있을까. 너도 우박을 실제로 본 것은 나처럼 처음일까. 너는 우박을 보며 어떤 생각을 할까. 만져 본 우박은 눈송이보다는 느리게 그렇지만 분명하게 녹아 버렸어. 금진솔에 대한 너의 마음도 이렇게 녹아 버리기를 갈망했지.

"어, 이거 나 주는 거야?"

"응."

"아무튼 고마워."

왜 내게 이걸 주느냐는 것도 묻지 못한 채 서둘러 성민이를 보내 버렸어. 병에 들어 있는 물을 잠깐 쳐다보며 어떤 의미가 담긴 것 같다는 생각은 했지만 그걸 찬찬히 헤아리기에는 마음에 여유가 없었어. 너와 함께 보내는 일분일초 중 어떤 순간이 내게 중요한 기회가 될지 몰랐으니까.

금진솔에 대해 이야기힐 때외 다른 채도로 붉어진 너의 두 귀는 아마도 우리의 거짓된 관계를 누군가에게 들키고 싶지 않은 조마조마함 때문이었겠지.

나는 모른 척했어. 연습용이라도 좋으니 할 수 있다면 영원히 모른 척하고 싶었는데.

네가 연습 중단을 선언한 다음 날 너와 교문에서 마주쳤지. 우리는 학교 숙제에 대해 이야기를 했고, 옆 반 담임선생님의 병가와 학교 앞에 새로 생긴 분식집에 대해서도 말을 섞었어. 꽤 다양한 주제를 입에 올렸지만 사실은 아무 말도 하지 않은 것과 같았어. 정말 중요한 것, 나에 대한 너의 생각과 너에 대한 나의 감정에 대해서는 하나도 말하지 않았으니까 말이야. 너의 고백은 어떻게 되었을까. 다른 날과 다르게 유독 차분해진 너의 분위기를 감지했지만 굳이 물어보지는 않았어. 어느 쪽이든 결국 내 마음이 무너져 내릴 것 같았거든.

너와의 텅 빈 대화 후 울고 싶었던 나는 편의점으로 뛰어갔어. 가장 매운 컵라면을 골랐지. 나는 맵찔이지만 매운 걸 좋아해. 너를 보면 내 마음이 쓰리듯 아프지만 너를 좋아하는 것처럼. 라면 취향을 생각하다 또 제우 네 생각만 하고 있네? 봐. 나는 모든 것에 너를 대입하고 너만 생각해.

"이거 구매하면 쥬시쿨 증정인데, 냉장고에서 갖고 오시면 되어요."

점원이 읽고 있던 책에 가름끈을 끼우며 증정 행사를 설명해 줬어. 음료수까지 공짜로 주는 걸 보니 맵기는 진짜 많이 매운가 보다, 겁이 나면서도 기대되었어. 우리가 처음 연습을 빙자한 거짓 연애를 시작할 때처럼…….

나는 매운 걸 먹으면 눈물도 콧물도 많이 나는 편인데, 편의점 안에서 그러기는 왠지 좀 쪽팔려서 바깥의 파라솔 아래에서 먹기로 했어. 뜨거운 물을 부은 다음 조심조심 들고 나갔지.

진짜로 매운데 맛있더라. 매운맛을 핑계 삼아 나는 실컷 훌쩍였어. 가방 속에 휴지가 있어서 다행이었지.

"그거 많이 매워요?"

고개를 돌리니 늘 안에서 책만 보는 것 같던 점원이 어느새 나와 있었어. 입에 뭔가를 물고 있어서 담배인 줄 알았는데, 길쭉한 녹차맛 쿠키였어.

"네, 매워요."

울음이 잔뜩 묻은 목소리로 짧게 대답했어.

"슬플 때 먹으면 좋겠네."

내가 무슨 말을 들은 건가, 점원을 바라봤지. 내 슬픔이 덧드러난 것이 싫으면서도 이상하게 위안이 되었어. 점원은 더 이상 말을 보태지 않았지만 사이기 가까워진 듯한 느낌이 들었어.

제우 너는 내 슬픔을 알아주지 않았지. 조금도 알아보지 못했지. 그건 진심이 통하지 않는 사이라는 증거였을 거야.

 시간이 흘러 만약에, 아주 만약에라도 행여나 너의 마음에 그 누구도 들어 있지 않은 상태가 된다면 내가 그 마음에 들어가 볼 수도 있지 않을까. 이런 상상을 안 해 본 건 아니야. 그런데 왜 항상 뒷맛이 씁쓸한 걸까. 내가 꾸민 거짓말의 진심이 이런 식의 민낯을 가진 거였다면 애초부터 시작하지 말 걸 그랬어. 네 말대로 그건 내 진심에 대한 예의가 아니었으니까.

우박과 안부

한 학기를 외국에서 보내 보기로 했다. 살아 보고 괜찮으면 이민도 고려해 보자며, 엄마는 한껏 들뜬 목소리로 같은 말을 몇 번이나 외쳤다.

"이건 기회야!"

기회라니. 퍽이나. 이건 도망이다! 라고 반박하고 싶지만 그럴 순 없다. 나까지 엄마의 여린 마음에 생채기를 냈다가는 어떤 재앙이 일어날지 모르니까.

"후회하지 않겠어?"

"후회는 무슨."

엄마는 늘 용기가 넘치고 대담한 투로 매사에 호언장담을 하는 게 특기이지만 속내는 그것과 정반대이다.

"김치 없이는 못 산다고 했잖아. 한국이 그립지 않겠어?"

"요즘 세상에 무슨. 다 코리안 타운 있고 그런 데 아니어도 김치 다 팔아. 김치만 팔게? 케이 푸드가 얼마나 인기가 많은데."

엄마는 자신의 먼 친척 할머니도 독일에서 간호사로 일하다가 아예 정착했다는 이야기를 또 재탕했다. 매일같이 노래하듯 읊는 레퍼토리이다. 본인에게는 개척자의 피가 흐른다나 뭐라나.

이민 가방은 다음 주에 배송 예정이라고 했다. 그런 가방이 따로 있는 줄도 몰랐다. 여하튼 엄마의 추진력 하나는 끝내준다. 가방이 도착할 때까지 버릴 것과 가져갈 것을 추려 놓기로 했다.

"웬만한 건 다 버려. 가서 새로 사면 되니까."

그건 엄마 삶의 신조이기도 하다. 난관에 봉착하면 그것을 해결하려 들기보다는 일단 냅다 버리고 도망치기. 그런 식으로 아빠와도 헤어졌고, 외가와도 멀어졌으며, 회사도 그만뒀다. 물론 친구들과의 사이도 다 절단이 났다.

모자이크병에 걸린 수박을 사게 된 후로 집에서 가장 가까운 마트도 더 이상 가지 않는다. 클레임은커녕 수박에 대해 어떤 말도 꺼내 보지 않고 손절해 버렸다. 빵집도 마찬가지이다. 거스름돈을 잘못 준 실수가 있었던 모양인데, 다시는 그곳을 이용하지 않는 것으로 결론을 내 버렸다.

"괜찮아."

엄마의 이 말은 안 괜찮다는 말이니 다름없다. 엄마는 점점 뒤 둥그러진 사람이 되어 갔고, 그럴수록 내게 기댔다. 내 몸과 마음이 단단해지는 속도보다 엄마가 무거워지는 속도가 더 빨랐다. 아직은 견딜 수 있지만, 나 역시도 언제까지 버틸 수 있을지 모른다는 게 불안하긴 하다. 그래도 나는 엄마와 같은 전철을 밟지는 않을 것이다. 그러니까 엄마를 버리거나 엄마에게서 도망치지는 않을 거라는 말이다.

"어머, 내 정신 좀 봐. 그레이스랑 통화할 시간 놓칠 뻔했네."

그레이스는 우리가 반년 정도 살 예정인 나라에 있는 엄마의 동창인데, 엄마가 외국 생활 도전을 결심한 데 결정적으로 불을 지핀 사람이기도 하다.

"그레이스가 다 도와주기로 했어."

굳센 후원자인 양 그레이스라는 아줌마를 치켜세울수록 나는 갑갑증만 났다. 그간 엄마가 겪은 인간관계 패턴과 동일한 까닭이다. 일단 맹목적인 믿음을 기반으로 있는 정 없는 정 다 퍼 주기, 믿었던 사람으로부터 상처받기, 혼자 마음속으로 절교 선언, 대화 없이 멀어져 버리기, 다시는 연락 안 하기.

엄마의 머릿속에서 엄마는 늘 피해자였지만, 나는 엄마의 의견에 동의하지 않는다. 이런 식으로 멀어진 사람의 수를 헤아리자면 내가 아는 사람만 해도 열 명이 넘으니까. 이쯤 되면 엄마에게도 어느 정도 책임의 지분이 있는 거 아닐까.

캡슐 커피를 내린 엄마는 그레이스 아줌마와 수다 떨기 바빴다. 고등학교 동창이라는데 학교 다닐 때는 그리 친하지 않았다고 한다. 가까워진 지는 얼마 되지 않은 셈이다. 아줌마의 한국 이름은 은총이다. 은총이 영어로 그레이스라서 영어 이름을 그렇게 지었단다. 엄마의 학창 시절 때 가장 절친했던 이는 단연코 승미 아줌마다. 아줌마 이름이 승미인 건 아니고, 아줌마의 딸 이름이 승미라서 그렇게 불렀다.

"승미와 성민이 너네는 이름부터 인연이다."

마주 앉아 놀고 있는 우리를 보며 엄마가 한 말이다.

"왜 그게 인연이야?"

"시옷이랑 미음이랑 초성이 같잖아."

"어? 그건 그러네."

"그치?"

엄마는 시시콜콜한 것에도 각별한 의미를 부여하는 것을 좋아했다. 듣다 보면 꽤 그럴싸하다는 생각이 들기도 했다. 오랜 시간 동안 엄마의 마음속에 우리 가족과 승미네 가족의 연대는 철옹처럼 튼튼했는데, 어쩌다가 이렇게 사이가 틀어져 버렸는지 모르겠다.

"왜 요즘은 승미네 놀러 안 가?"

"니는 몰라도 돼."

멀어진 사람에 대하여 뒷담은 절대로 하지 않는 엄마였다. 엄마의 그런 점은 싫지 않았지만, 흠집이 나 버린 마음이 얼마나 심각하게 홀로 곪고 있을지 가늠이 되지 않아 걱정스러웠다.

나의 초등학교 졸업을 앞두고 엄마는 아빠와 헤어졌다. 필요한 양육비는 일시불로 받았고, 나는 아빠와 한 번도 만날 수 없었다. 면접교섭권을 포함한 모든 것이 나는 몰라도 된다는 식으로 진행되었다. 세상 모든 절망을 다 끌어안은 얼굴의 엄마에게 나는 가타부타 따질 수 없었다. 그건 또 다른 상처를 입히는 것처럼 여겨졌으니까.

희한하게도 엄마가 밀어낸 사람들도 두 번 다시 엄마를 찾아오지 않았다. 다들 뒤도 돌아보지 않고 영영 떠나갔다.

"부질없어."

엄마는 부질없다는 말로 모든 상황에 대한 미련을 떨쳐 버렸다. 나는 점점 고립되는 엄마가 안타까우면서도, 이렇게 또 아무하고나 특별한 사이인 것처럼 짝짜꿍을 맞추며 휘청대는 박자가 불안했다.

"나 사실은 그냥 여기 계속 있고 싶은 것 같아."

그레이스 아줌마와의 통화가 끝난 걸 확인한 나는 흘리듯 내 속마음을 말해 보았다.

"여기가 뭐가 좋다고."

엄마는 내 말을 속이 빈 투정으로 넘기며, 식은 커피를 싱크대에 부어 버렸다.

"거기 가면 친구들도 다 잃어버리는 거잖아."

"원래 네 나이 때는 친구가 있다가도 없고 바뀌기도 하고 그러는 거야."

"어떻게 그렇게 쉽게 바꿔치기가 돼? 그런 게 친구야?"

"살다 보면 다 부질없어."

도돌이표인 대화 중, 엄마 얼굴에 낙담의 그림자가 드리워지면 나는 입씨름을 계속할 의욕을 상실하고 만다.

"버릴 거 다 추렸어?"

"아직."

"얼른 해. 우리 시간이 많은 것 같지만 없어."

내 말이 그 말이다. 우리에게 시간은 많은 것 같지만 없다. 그러니까 이렇게 도망만 치는 것은 몹시 낭비인 것이다.

돌멩이들을 어떻게 하는 게 좋을까. 그걸 외국까지 가져간다고 하면 엄마는 당연히 반대하겠지. 엄마가 자주 쓰는 표현대로라면, 거기도 돌멩이가 천지 삐까리로 널려 있다. 그렇지만 버리고 싶지는 않았다. 그렇다고 몇 개만 골라서 가져가는 건, 선택받지 못한 돌멩이들에 대해 너무한 처사 같았다.

운동화가 들어 있던 상자에는 돌멩이들이 가득했다. 박물관에서 보관하는 것처럼 각 돌멩이에는 띠지 포스트잇으로 숫자를 표기했고, 각 번호에 해당하는 설명을 따로 적은 메모도 있었다. 모두 승미가 준 것이었다.

엄마와 승미 아줌마가 친하게 지냈을 때에는 적어도 한 달에 한 번꼴로 승미네 집에 놀러 갔다. 지하철을 환승하고 버스로도 갈아타야 하는 번거로운 경로였지만, 승미네 집에 가는 일은 언제나 재미있었다. 엄마는 승미 아줌마에게 사사로운 근황을 풀어놓는 걸 즐거워했고, 아줌마는 우리에게 맛있는 음식을 만들어 주거나 싸 주는 것을 좋아했다. 승미 아줌마는 나를 볼 때마다 이렇게 철이 빨리 들어서 어떡하느냐며 정수리를 쓰다듬어 주곤 했다. 철이 든다는 게 도망이 취미인 막무가내 엄마를 이해하며 지내는 거라면 반은 맞고 반은 틀리다. 나는 이해가 아니라 포기하고 체념한 것이니까.

승미도 아줌마를 닮았는지 내게 무언가를 주는 것을 좋아했다. 돌멩이들은 모두 승미가 강릉 바다에서, 안면도에서, 옆 학교 놀이터에서, 새로 등록한 학원 로비의 난초 화분 등에서 가져다 준 것이다. 기념이자 선물이었다. 승미와 아무 놀이나 벌이며 나 또한 엄마처럼 자질구레한 이야기들을 쏟아 냈는데 승미는 별로 웃기지 않은 말에도 손뼉을 치며 깔깔거리는 게 좀 귀여웠다.

"반년 뒤엔 돌아오는 거지?"

전에도 물었던 것을 다시 물었다.
"거기에 눌러앉을 수도 있다니까."
"꼭 그래야 해?"
"좋으면 눌러앉는 거지 뭐."

이럴 때 보면 엄마는 도통 정착할 줄 모르는 야생 동물 같다. 새롭게 기댈 보금자리 찾기에만 급급해 제 몸이 얼마나 성하지 못한지, 돌아볼 줄도 모른다.

"그럼 사람들한테 인사 안 해도 돼?"
"인사라니?"
"작별 인사 같은 거."
"누구한테?"
"그러니까…… 뭐, 승미 아줌마나."
"걔랑 연락 안 된 지 오래되었는데 뭘."

연락이 안 되는 게 아니고, 안 하는 거 아닌가. 그리고 오래되어 봤자 고작 1년 남짓인데. 나는 어떠한 논박도 하지 못하고 물러났다. 나 또한 힘이 없는 작은 동물처럼 여겨졌다.

돌멩이들을 하나씩 살폈다. 제각각 둥그런 형태로 반지르르한 그것들을 달래듯 만져 보았다.

"아, 맞다. 싱민아!"

엄마가 나를 불렀다.

"왜?"

"상가 세탁소 가서 패딩 좀 찾아와. 까먹을 뻔했네."

"지금?"

"응. 지금."

대금은 선불로 치렀다고 했다.

"까만색 롱패딩 네 거랑 내 거랑 두 벌, 알지?"

하늘이 꾸물거리는 걸 보니 비가 올 것 같았다. 나는 서둘러 밖으로 나섰다.

"성민이구나."

자주 가지도 않았는데 세탁소 할아버지가 나를 바로 알아보고 이름을 불러 주었다.

"안녕하세요. 패딩 찾으러 왔어요. 검은색 두 벌이요."

"그래, 잠깐만."

할아버지는 기다란 나무 막대기를 들고서 천장에 걸린 옷들을 하나하나 살펴보았다. 검은색이 아닌 다른 색의 패딩들도 면밀하게 확인하였다. 할아버지의 턱이 높게 들렸지만, 목에 그려진 깊은 주름은 펴지지 않았다.

"저기 있는 것 같아요."

할아버지가 둘러보고 있는 옷걸이 행렬의 끝에 내 패딩의 끝

자락이 보였다.

"오, 그러네."

너털웃음을 지으며 할아버지가 막대기의 끝을 옷걸이에 걸어 내렸다.

"눈이 아주 밝구나."

"렌즈 껴서 그래요."

"안경이 불편해서?"

"그냥요."

"잘생긴 얼굴 더 잘생겨 보이려고?"

객관적으로 잘생긴 얼굴은 아닌데, 갑작스러운 칭찬에 머쓱해져서 그저 웃었다.

"또 맡길 거 있으면 언제든지 갖고 와."

만날 때마다 친근하게 대해 주는 할아버지에게 더 이상 세탁물을 맡길 일은 없다는 걸, 말해 줘야 할 것 같았다.

"저 멀리 이사 갈지도 몰라요."

"그래?"

"네. 그러면 여기에 못 올지도 몰라요."

"허허, 아쉬워서 어떻게 하나. 그래도 어딜 가서든 씩씩하게 잘 지낼 거다. 니는 눈도 밝고 잘생긴 아이니까."

할아버지는 칭찬이 헤픈 편이었는데 그게 싫지 않았다.

"자, 이거 가져라."

할아버지가 내 손에 쥐여 준 것은 봉지 과자였다.

"이게 그렇게 구하기가 힘든 거라면서? 편의점 문에 품절이라고 써 붙여 둘 정도로 인기가 많은 모양이더라."

"아, 네. 감사합니다."

할아버지의 말은 어느 정도만 맞았다. 출시 초기에는 정말 구하기 어려울 정도로 인기가 많았지만 시간이 좀 흐른 지금은 생각보다 쉽게 구할 수 있는 감자맛 과자였다.

"그럼 안녕히 계세요."

손바닥을 흔들어 보이며 할아버지가 의자에 걸터앉았다. 과자를 옆구리에 낀 채 세탁소를 돌아 나오며 나는 할아버지에게 인사를 건네기를 정말 잘했다고 생각했다. 갈비뼈로 느껴지는 과자의 부피처럼 분명한 온기가 내게 스며들었기 때문이다.

떠나기 전, 사람들에게 안부를 전해야겠다고 다짐했다. 승미가 준 돌멩이를 전부 놓고 가더라도, 안부를 전한다면 버리고 가는 것과는 완전히 다른 일이 될 것이다. 그러므로 승미에게만은 더욱 인사를 빠뜨리고 싶지 않았다.

패딩을 들고 아파트 단지로 들어오자마자 비가 떨어지기 시작했다. 비닐로 한 겹 싸여 있긴 했지만 혹시라도 빗방울이 들어갈까 싶어 뛰듯이 걸었다. 간신히 동 현관에 다다른 후 뒤를 돌아

보자 색다른 광경이 펼쳐지고 있었다. 하늘에서 내리는 건 비가 아니었다. 어쩐지 빗줄기가 조금 아프게 느껴지기도 하더라니, 투명한 돌멩이 같기도 한 우박이었다.

거실 바닥에 패딩과 봉지 과자를 던지듯이 놓고, 분리수거 통에서 작은 병 하나를 챙겨 들었다. 어제 먹은 비타민 음료였다. 유독 공을 들여 안을 씻고 라벨까지 말끔히 떼어 냈는데 그러길 잘했다는 생각이 들었다.

"우산도 없이 어딜 가려고?"

현관을 나서는데 엄마의 말이 뒤통수에 꽂혔다.

"30분만."

소리를 질렀다. 10분이면 될 것 같았지만 일부러 시간을 넉넉하게 불렀다. 정해진 시간을 초과하면 엄마의 잔소리가 곱절로 늘어나기 때문에 어릴 때부터 든 습관이기도 했다.

툭, 투둑, 툭, 투두둑, 툭 툭, 투둑.

우박의 풍경은 신비롭고 특별한 분위기를 자아냈다. 내리는 소리는 어쩐지 눈이 부셔서 얼굴을 찌푸리게 되었다. 나는 멍멍히 우박을 바라보다가 개중 가장 굵어 보이는 것을 몇 개 집어 병 안에 넣었다. 얼마 안 있어 우박의 기세는 수그러들었다.

"나 왔어."

"김치만두 쪄 놨으니까 손 씻고 먹어."

소파에 누운 엄마가 휴대폰에서 눈을 떼지 않고 말했다.

"응."

따뜻한 김이 나는 만두를 보니 침이 꼴깍 넘어갔다. 만두 접시 옆에 병을 내려놓고 손을 씻으러 들어갔다. 화장실에 있으니 용변도 보고 싶어져서 생각보다 오래 있다 나왔다.

"어? 여기 있던 거 못 봤어?"

식탁 위에는 만두만 있었다.

"뭐?"

"병 같은 거."

"씻어서 분리수거 통에 담아 놨지. 다 마신 거던데?"

우박이 내리는 건 흔한 일이 아니었다. 겨우 모은 귀한 우박들이 사라졌다.

"만두 안 먹어?"

"먹어."

하던 대로 폰이나 계속 보고 있을 것이지 왜 그사이에 병을 치웠는지 모르겠다. 성질을 부리듯 대답한 후 입에 만두를 밀어 넣으며 속상함을 애써 삼켰다. 구태여 입을 벌린 채로 씹어 먹었다. 엄마가 싫어하는 모양새였기에 이렇게라도 내 불만을 드러내고 싶었다.

"엄마, 그거 알아?"

내가 먹는 모습이 거슬렸던지 엄마가 나를 째려보며 물었다.

"뭐?"

"아까 우박 내렸다?"

"어쩐지. 소리가 이상하더라."

"안 신기해?"

"비나 눈이나 우박이나 뭐."

그럴 리가. 비는 비고, 눈은 눈이고, 우박은 우박이지. 쏟아지는 우박이 자아냈던 신비로움이 폄하되는 것만 같아 언짢았지만, 엄마는 그 장면을 보지도 않았으니 말이 통할 리 만무했다.

"어디를 간다고?"

승미를 만나러 다녀오겠다는 말에 엄마의 목소리가 날카로워졌다.

"성민이 너 혼자서는 가 본 적도 없잖아."

그건 그랬지만, 지도 어플의 도움을 받으면 어려울 것도 없다.

"뭐 하러 간다는 거야?"

뿔이 난 것 같기도 한 엄마의 모습은 다소 불쌍해 보였다. 그렇다고 나까지 엄마와 같은 방식으로 살아갈 필요는 없다고 생각한다.

"간다고 말은 하고 가고 싶어서 그러지."

엄마는 말문이 막힌 것 같았다.

문득 승미와 어릴 때 했던 그림자놀이가 떠올랐다. 계절과 시간, 그리고 가로등의 위치에 따라서 그림자의 크기와 짙기가 제각각으로 달라지는 것이 재미있었다. 어떤 때에는 발부리에서 두 개 이상의 그림자가 뻗어 나가기도 했다. 승미와 나는 서로의 그림자를 밟거나 밟히지 않으려고 뛰어다니는 것을 좋아했다. 그림자에게는 통점이 없는데도, 밟히면 아픈 것처럼 느껴졌고 실제로 우리는 깍깍, 소리를 질러 대기도 했다. 넓은 그림자는 넓은 대로, 진한 그림자는 진한 대로 아팠다. 아무튼 엄마는 나를 끝까지 만류하지 못했다. 그럴 이유가 없기도 했다.

어플에서 예상한 시간보다 더 이르게 승미네 동네에 도착했다. 필연처럼 승미를 우연히 만났다. 남자친구처럼은 보이지 않는 어떤 남자애가 옆에 같이 있었다. 분명 눈이 마주친 것 같았는데, 내가 손까지 흔들었는데도 승미는 내게 알은체를 하지 않았다. 넓은 보폭으로 걸어가 승미의 등을 살며시 밀며 말했다.

"너 왜 나 못 알아보냐?"

"어? 네가 여기 왜 있어?"

괜스레 둘의 사이에 낀 것 같은 기분이라 빠르게 용건을 꺼냈다.

"여기도 우박이 내렸었지?"

병을 건넸다.

"어, 이거 나 주는 거야?"

"응."

"아무튼, 고마워."

승미에게 말하지 않았다. 병에 우박을 담긴 담았지만 그건 이미 씻겨 내려갔고 거기에 담긴 것은 그냥 수돗물이라는 것을. 승미를 속인 것은 아니라고 생각한다. 언젠가는 말할 테니까. 나중에 말할 것을 남겨두는 것은 다음 안부를 전할 구실이 되기도 하니까. 뭐 솔직히 어쩌면 우박은 핑계일지도 모르지만……. 바빠 자리를 벗어나느라 이사니 외국이니 하는 진짜 할 말은 하나도 꺼내지 못했다. 그래도 오랜만에 얼굴을 보며 안부를 전할 수 있어서 좋았다.

집 앞에 낯이 익은 듯 낯선 할머니 한 분이 서성이고 있었다. 누구였더라, 기억 속을 뒤져 봐도 아는 사람 같지는 않았다.

"네가 혹시 곽씨 성을 쓰는 성민이냐?"

"네? 네, 그런데 누구세요?"

"맞구나. 나여. 느이 힐매 동상."

"아, 안녕하세요."

우박과 안부 159

친할머니와 터울이 많이 나는 동생이었다.
"나를 기억하는 겨?"
"이모할머니시잖아요. 그런데 여긴 어쩐 일이세요?"
기억이 생생하게 나는 건 아니었지만 어물쩍 넘어갔다. 할머니는 별건 아니라며 내게 전해 줄 것이 있어 왔다고 했다. 할머니가 들고 있는 봉지에 담긴 것은 모시떡이었다.
"네가 이걸 그리 좋아했잖아."
여전히 좋아한다. 지금도 떡집에 갈 일이 있으면 모시떡을 꼭 사 온다.
"느이 할매가 따 온 모시잎으로 만든 거여."
"할머니요?"
"너 주고 싶다고 얼마나 노래를 부르던지. 내가 맘이 씨여 가지고 이렇게 왔으야. 잘 지내는지 안부도 같이……."
엄마가 혼자가 된 후로 할머니도 본 적이 없었다. 다들 나를 잊고 사는 줄 알았는데 그건 아닌 모양이었다.
"그, 거기, 느이 어메도 잘 있지?"
"네. 잘 있어요."
정신이 오락가락하는 할머니이지만 모시떡을 먹을 때만큼은 늘 내 이름을 부른다고 했다. 사실은 할머니도 모시떡을 엄청 좋아하니까, 내가 모시떡 덕후인 것은 할머니를 닮아서인지도 모르겠다.

이제 휴대폰도 있으니 할머니의 전화번호를 알려 달라고 했다. 이모할머니는 우리 엄마가 그 사실을 알면 기분이 안 좋아질지도 모른다고 주저했지만, 내심 알려 주고 싶은 눈치였다. 한 번 더 조르자 금세 번호를 일러 주었다.

"음청 좋아할 거여."

"진짜요?"

"그럼. 생이별해 놓고 얼마나 궁금해했는데."

할머니는 관절염이 심해져서 잘 걷지 못한다고 했다. 거의 집 안에서만 지내다가 그조차 힘에 부쳐서 이모할머니와 살림을 합쳤단다. 이모할머니는 자꾸만 주변을 둘레둘레 살폈는데, 아무래도 엄마를 신경 쓰는 것 같았다. 그렇게 쫓기듯 우리는 헤어졌다.

"그래서 승미한테 갔다 오니까 좋아?"

엄마가 불뚱거리며 나를 맞았다.

"응."

"너 승미 좋아하냐?"

한때 좋아한다고 믿은 적이 있다. 승미네 부모님은 사이가 좋았고 승미의 말에 따르면 자기는 부부싸움이라는 것을 한 번도 본 적이 없다고 했다. 그 말로 인해 승미에게 관심이 생겼다. 나는 사이가 무척 좋은 부모 밑에서 자란 아이의 모든 것이 늘 궁금했다. 얼마 안 있어 호기심과 호감은 엄연히 다른 문양이라는 걸 깨달았지만.

"아니거든."

엄마가 비닐봉지를 가리키며 물었다.

"근데 그건 뭐야?"

"모시떡."

"모시떡?"

"응."

"샀어?"

거짓말을 하고 싶지는 않았다. 그것은 또 다른 의미에서 도망을 치는 것과 같았다.

"이모할머니가 주셨어. 집 근처에서 만났는데 할머니가 내 안부를 궁금해해서 일부러 찾아오셨대."

안색이 하얘지며 엄마가 말을 잇지 못했다. 나는 그런 엄마를 안심시키듯 말을 마구 늘어놓았다.

"누가 내 안녕을 물으니까 기분이 되게 좋더라고. 이모할머니도 좋아 보였어."

"뭐 어땠다고?"

엄마가 들릴 듯 말 듯 하게 다시 물었다.

"아, 그러니까……."

나는 내가 느낀 바를 정확하게 표현하기 위해 두 눈에 힘을 줬다.

"좀 편안해진 것 같아. 엄마는? 불편하지 않아?"

내가 모시떡을 꺼내 엄마 앞에 두자, 엄마는 세모나게 입을 벌린 채로 짙은 초록색의 그것을 오래 바라보다 말했다.

"그야 당연히 편하지는 않지. 근데 어떻게 소식을 알고 이런 것까지 챙겨 찾아오신 거지……."

엄마의 목소리에는 물기가 배어 있었다. 외할머니를 일찍 여의었다는 엄마에게 친할머니는 친정엄마나 다름없었다고 오래전에 들은 기억이 났다. 나를 낳은 후 몸조리도 친할머니가 다 해주셨다고 했다.

"엄마는 인사하고 싶은 사람 없어? 모른 척하지 말고 그냥 다 인사하고 가자. 어차피 안 돌아올지도 모른다며."

엄마는 대답을 하지 않았다. 내 말이 틀렸다는 식의 반응도 보이지 않았다.

그 밤, 벽 너머로 엄마의 통화 소리를 들었다. 소곤소곤 말소리가 오래 들렸다. 그레이스 이줌마는 아닌 것 같았고 다른 누군가와 하는 아주 긴 통화였다. 엄마의 휴대폰 너머에 누가 있는

지는 모르겠지만, 나는 엄마의 마음에도 안부의 온기가 전해지기를 바랐다.

　내일 엄마와 함께하는 브런치로는 말차라테를 진하게 타서 모시떡과 같이 먹어야겠다고 생각했다. 좀 더 시간이 지나면 아빠의 연락처도 엄마에게 물어볼 수 있게 되지 않을까. 그러면 내가 먼저 안부를 전할 수도 있겠다. 그 전에 할머니에게 전화를 드려야지. 오늘은 너무 늦었고, 내일 이른 오후 정도에. 이런저런 생각을 하다가 잠이 들었다. 오랜만에 누리는 단잠이었다.

꿈과 시간의 마법

하교 시간에 맞춰 젤리 진열대만 다시 정리했다. 재고가 부족한 건 선입선출을 지켜 채워 넣었고, 뒤로 빠져 있는 것들은 앞쪽으로 당겨 주었다. 일요일을 제외하고 매일 들르는 단골 1이 있는데, 늘 젤리를 사 가기 때문이었다. 남자친구로 보였던 녀석과 같이 다니다가 한동안 혼자 다니더니 새로운 남자아이와 다시 함께 다닌다. 아주 가끔 고양이 간식을 사기도 하는데 빈도로 보아서 고양이를 키우는 것 같지는 않고 정이 든 길고양이가 있는 것 같다.

단골 2는 단골 1이 편의점을 빠져나가면 열 번 중 여섯 번의 비율로 뒤이어 들어와 막대사탕 하나만 사 가는 아이다. 사탕의 맛을 별로 고민하지도 않고 아무거나 들고 빠르게 계산을 하기 때문에 단골 1을 보내고 나면 나는 다시 책을 펼쳐 들지 않고 단골 2를 기다리곤 한다. 뒷문장이 너무 궁금한 책의 경우 그새를

참지 못하고 다시 펼칠 때도 있긴 하지만.

편의점에서 아르바이트를 한 지도 벌써 3개월이 다 되어 간다. 처음 시작했을 때의 우려와 달리 적성에 잘 맞았다. 혼자 있는 시간이 불편하지 않았고, 반복적인 단순 업무도 나름 재미있었다. 미성년자라고 막 대하는 사람이 있지는 않을까 겁도 먹었었는데, 일하는 시간대가 그리 늦지 않아서인지 괜찮았다. 점주님은 무슨 일이 있으면 혼자 애쓰지 말고 포스기 아래에 있는 비상호출벨을 누르라고 했다.

처음에 아빠 허락을 받는 건 녹록지 않았다. 학교 밖 청소년이 되는 건 쉬워 보이면서도 쉬운 일이 아니었다. 새봄 이모가 아니었다면 계속 학교 안에서 분투하고 있었을 수도 있다. 새봄 이모는 아빠의 가장 친한 친구인데 다감한 성격은 결코 아니지만, 언제나 맞는 말만 하는 시니컬의 대명사라고 할 수 있겠다. 툭툭 내뱉는 새봄 이모의 말들에는 웃긴 구석도 많아서 나는 이모가 좋았다. 이모랑 결혼하고 싶어 하는 사람들도 많았을 것 같은데 이모는 비혼주의자라고 했다. 결혼이라는 제도를 제대로 이해하기도 전에 나는 이모를 통해 비혼이라는 것도 있다는 걸 배웠다.

아빠는 아무래도 내가 자퇴를 포기하게끔 설득하는 데에 새봄 이모의 도움을 받을 생각이었던 것 같다. 몸보신을 핑계로 이

모를 불러 족발세트를 시킨 다음 내 학교 이야기를 꺼낸 걸 보면.
"호원이가 학교 때문에 힘들다고 한 적이 전에도 있었어?"
그러나 새봄 이모의 이 질문에 아빠는 반격을 당한 표정으로 도리질을 했다.
"그럼 진짜로 힘들다는 건데, 너는 왜 아무렇지도 않게 생각해?"
무슨 말이라도 하고 싶은 것처럼 아빠의 아랫입술이 잠깐 내려갔지만, 나오는 말은 없었다.
"미래 계획은 물어봤어?"
"아, 아니."
"그런 것도 안 물어보고 그냥 안 된다고 한 거야?"
"어? 아니 학교는 당연히 다녀야 하는 건데……."
아빠의 말소리가 작아졌다. 언뜻 들으면 새봄 이모가 아빠를 혼이라도 내는 것 같겠지만, 분위기는 전혀 그렇지 않았다. 이모는 천진난만하게 쟁반국수를 후루룩거리며 말했다.
"현가야, 우리 학교 다닐 때 너 어른들이 그러는 거 진짜 싫어했잖아. 제대로 알아보려고도 하지 않고 무조건 안 된다고 하는 거, 타당하지도 않은 이유로 반대하고 그러는 거 독재나 마찬가지라고 분통을 터뜨렸잖아."
새봄 이모가 아빠를 현가, 라고 부르는 건 아빠의 성씨가 현씨

이기 때문이다. 학창 시절부터 그렇게 부르던 습관이 입에 붙었다며 이제 와서 이름을 부르는 건 간지럽다고 그랬다.

"그, 그랬지."

"근데 왜 그래?"

새봄 이모가 간 후, 아빠와 드디어 모든 걸 터놓고 말할 수 있게 되었다. 그 전에도 힘든 점을 말해 보긴 했으나 아빠가 내 말에 귀를 기울인 적이 없기 때문에 그건 벽에 대고 말하는 거나 마찬가지였다.

학교에서의 나는 괴롭힘의 과녁이 아니기는 했으나, 그 과녁 언저리에 있는 페트병과 같은 신세임을 솔직히 고백했다. 왜 페트병이냐고 하면, 잠깐 수가 틀리면 그저 별다른 이유 없이 화살로 쏘아 맞히고 싶게 생긴 것이다. 나의 학교생활을 들은 아빠는 곰곰 생각에 잠기는 듯했다. 전처럼 아빠가 나의 사정을 대수롭지 않게 생각할까 봐 안심찮았지만 다행히 그러지는 않았다.

"그동안 고생이 많았겠네, 진짜."

아빠의 말에 나는 낭떠러지 끝에 매달려 있던 심장을 돌려받은 것처럼 마음이 놓였다. 새봄 이모 덕분이었다. 앞으로 이모한테 진짜 잘해 줘야지. 이 은혜를 잊지 말아야지. 나는 너무 고마워서 새봄 이모가 족발과 국수를 먹던 모습만 다시 떠올려도 콧잔등이 시큰거렸다.

"왜 참고 지내야 하는지 도대체 모르겠어."

이미 검정고시에 대해서 다 알아봤고 어느 정도 자신도 있었다. 대학에 대해서는, 선뜻 판단이 서지 않았다. 그건 검정고시를 치른 다음에 고민을 해도 좋을 것 같았다. 하고 싶은 일은 무언가를 쓰는 일인데, 어떤 종류의 글을 쓰고 싶은지는 아직 잘 모르겠다. 그렇지만 작가가 되기 위해서는 꼭 대학을 나오지 않아도 괜찮았다. 가장 좋아하는 소설가도 대학교를 중퇴했으니 최종 학력은 고졸이었다.

"학교에 안 다니면 더 부지런하게 살아야 해. 안 그러면 물에 젖은 종이처럼 축 처지다가 찢어질지도 몰라."

그래서 일찍이 짜 둔, 여러 차례 수정하고 보완한 계획을 말했다. 새벽에는 체력 관리 겸 체육센터에서 수영 강습을 받고, 수영장 옆에 있는 구립도서관에서 공부를 좀 하다가 편의점 오후 아르바이트를 하고 싶다고 말했다.

"아르바이트?"

도서관 근처의 편의점은 중학교 부근이라 주된 손님층이 어린 학생들이었고, 지금 다니는 학교와도 거리가 꽤 되었다. 등하교 시간을 제외하고는 유동인구가 그리 많지 않았으며, 보호자 동의서가 있으면 미성년자 채용에 대해서도 관대한 편이라고 했다.

"그런 걸 다 어떻게 알았어?"

아빠가 끼고 있던 팔짱을 풀며 물었다. 어떤 질문에도 머뭇거리지 않고 재빠른 대답을 하는 내 모습에 놀란 것 같았다.

"최근에 그만둔 사람이 브이로그에 올린 내용이야."

편의점 일은 아무리 길게 잡아도 한 달 정도면 익숙해질 것이고, 아르바이트가 끝나면 집에서 인터넷 강의를 병행하며 시험공부에 매진할 것이다.

"학교 그만두면 바로 메신저도 삭제할 거야. 인스타는 이미 지운 지 오래되었고, 중요한 연락은 문자나 전화로만 해도 되니까. 나 정말 열심히 할 자신이 있거든."

진짜였다. 지금으로서는 아빠가 나의 열의를 알아봐 주기만을 바랄 뿐이었다.

"일단 알았어."

학교 밖 청소년이 되어 가장 좋은 점은 쓸데없는 긴장감에서 해방되었다는 것이고, 두 번째로 좋은 점은 시간을 자유롭게 활용할 수 있다는 것이었다. 수영 강습과 편의점 근무 시간이 고정되어 있었기에, 이를 기준으로 남은 시간을 조정하는 것이 효율적이었다. 여러 루틴을 시도해 본 결과 편의점에서는 그저 좋아하는 책만 읽는 편이 가장 나았다. 갖가지 문제집과 필기도구를 들고 다니는 게 번거롭기도 했다.

시간이 지날수록 학교를 그만두기로 한 게 잘못된 결정이 아니었다는 확신이 들었고, 아빠도 나를 지지해 주는 것 같아 든든했다. 아르바이트로 돈을 벌고 있음에도 용돈의 액수가 줄지 않은 것도 고마웠다.

오목하지도 볼록하지도 않은 나날들이 흘러가고 있었다. 그 일을 빼고는. 그 일을 인지하기 전에는 그저 소설 읽는 속도가 빨라졌나, 싶었다. 단골 1과 단골 2를 모두 보내고 본격적으로 책을 읽으려 매대 정리와 바 테이블 청소를 끝냈다. 화장실도 미리 다녀온 다음 아빠가 갈아 준 케일주스를 마시며 책을 펼쳤다. 시계를 보았는데 4:44로 같은 숫자가 연달아 있어 혼자 피식, 싱겁게 웃었기 때문에 그 시각을 똑똑히 기억하고 있다. 챕터가 잘게 나눠진 책이라 세 개의 챕터를 단숨에 읽었다. 어디까지나 표현이 그렇다는 거지, 결코 단숨은 아니었다. 나는 책 읽는 게 느린 편이기도 했다. 세 챕터를 읽고 또 공교롭게 시간을 확인했는데 4:44에서 1분도 흐르지 않은 채였다. 이상하다, 싶어 편의점 시계와 핸드폰 시계, 손목시계까지 확인했다. 순간 바로 눈앞에서 44가 45로 바뀌었다. 이럴 수가 있나. 뭔가 정말 이상하다는 느낌이 들었다. 그렇지만 가방에는 여분의 책이 하나 더 있었고, 일을 하며 책을 많이 읽을 수 있다면 나로서는 시급 루팡인 것이므로 다시 책장을 넘겼다.

시간의 흐름은 공평하고 절대적이지만, 좋아하는 일을 할 때에는 시간이 빨리 흐르는 것 같고 싫어하는 일을 할 때에는 시간이 느리게 간다고 느끼기 쉽다. 내가 학교에 다닐 때, 그리고 절에 가서 설법을 들을 때 그랬다. 시간이 너무 안 가서 멀미가 날 지경이었다. 그렇지만 지금은 좋아하는 독서를 하고 있으니 시간이 휙, 하고 순식간에 흐르는 게 맞는 거 아닌가.
"아무래도 이상한 일이었어."
그날 나는 이렇게 중얼거리며 침대에 누웠다. 혹시 모르니까, 하고 편의점 출퇴근용 크로스백에 책을 두 권 더 챙겨 넣는 것도 잊지 않았다.

오늘도 단골 1과 단골 2를 보내고 매장을 정돈한 다음 책을 펼쳤다. 이야기에 들어가기 전 시계를 골똘히 바라봤다. 어김없이 시간이 흐르고 있었다. 당연한 일이었지만, 어제의 기이한 경험을 한 나로서는 굳이 확인을 하고 싶었다. 다행이라고 해도 될지, 시계를 보고 있는 동안은 시간의 왜곡 같은 낌새가 없었다.
하교 시간이 끝나면 대략 20분에 한 번꼴로 손님이 들어왔다. 보통은 곧바로 필요한 물건 하나만 사서 나가는 편이었지만 아주 가끔 원 플러스 원과 같은 행사 상품을 무더기로 구매하는 손 큰 손님도 있었다. 어쨌든 책을 읽기에 나쁘지 않은 환경이었다.

소설을 읽는 동안 시간이 덜 흐른 것 같은 느낌적인 느낌이 있기는 했다. 책을 읽기 직전의 시각이 4:41이었는지 46이었는지 헷갈렸다. 어디에 적어 둘 걸 그랬나, 싶기도 했지만 그렇게까지 할 일은 아니라고 생각했다. 만약 46이었다면 어제와 같이 내가 엄청난 속도로 책을 읽었거나 시간이 느리게 흐른 거였고, 41이었다면 집중력의 적당한 효과라고 볼 수 있지 않을까. 어쨌든 60페이지를 읽는 동안 겨우 5분 아니면 0분에 가까운 시간이 지나 있었다.

"힘들진 않아?"
아빠가 나를 보며 물었다.
"뭐가?"
"학교 안 다니는 거."
수심이 가득한 말투는 아니었다.
"너무 좋은데."
정말 좋았다. 그저께는 점주님이 계산대 의자를 새로 바꿔 주셨다. 휴대폰 이외의 것을 하는 아르바이트생은 처음 본다며, 작은 복지로 생각해 달라고 했다. 플라스틱 간이 의자에서 작게나마 등받이가 붙어 있는 바퀴 달린 의자로 업그레이드되었다. 별것 아닌 변화라고 생각했지만 막상 앉아 보니 삶의 질이 달라졌다. 다른 말을 덧붙이지는 않았지만 내 근무 태도가 나쁘지 않았던 모양이다.

"대견해."

하루하루를 알차게 보내고 있는 것 같다는 나의 말에 아빠가 대꾸했다. 칭찬에 인색한 아빠의 입에서 나온 세 글자였기에 눈물이 나올 것만 같았다.

"머리 할 때 되지 않았어?"

아빠도 조금 스스러웠는지 화제를 바꿨다.

"너무 길어? 좀 자를까?"

"커트만 해도 되고. 다른 거 하고 싶은 거 해도 되고. 자유잖아, 이제."

아빠의 말이 맞았다.

"하고 싶은 거 해. 아빠가 쏠게."

아빠가 신용카드를 내줬다.

"염색해도 돼?"

"그래도 되지 뭐."

흔쾌한 아빠의 대답이 기뻤다.

오픈 이벤트가 한창인 미용실로 들어가려던 찰나, 뒤에서 익숙한 목소리들이 들렸다.

"저거 황호원 아니야?"

"어? 야, 황호원."

몸을 돌렸다. 얼마 전까지만 해도 거의 매일 입었던 교복들이 보였다.

"맞네, 황호원."

"왜 요즘 안 보여? 심심했는데."

불편한 서늘함이 울렁댔다. 학교에서 내내 느꼈던 익숙한 냉기였다. 저거, 라고 물건을 지칭하듯 나를 함부로 부르는 것도 그랬고, 현호원인 나를 황호원이라고 대충 알고 있는 것도 그랬다. 나의 기분은 아랑곳 않고 저들이 따분할 때만 찾는 놀잇감 취급을 하는 것도 싫었다. 나는 학교를 그만두었다고 말했다.

"아 맞네, 그때 담임이 말했잖아."

"진짜? 언제?"

"너 잘 때."

저들끼리 킥킥거리며 서로의 어깨를 두들겨 대더니 내게서 멀어져 갔다. 어떤 인사를 기대한 건 아니었지만 나를 또 심심풀이로 삼은 것 같아 기분이 더러웠다. 우연이라도 다시는 마주치지 않았으면 좋겠다고 생각했다.

미용실로 들어가자 내가 좋아하는 가수의 곡이 흐르고 있어 기분이 좀 나아졌다. 환영 인사를 받은 후 원하는 브릿지 염색의

컬러를 말했다. 얼마 안 있어 담당 디자이너가 배치되었다. 담당이 있긴 했지만 중간중간 도움을 주는 디자이너가 바뀌기도 했다. 푹신한 의자에 앉아 나른한 음악을 듣다 보니 잠이 솔솔 몰려왔다. 나는 머리를 맡긴 채로 자울자울 졸기 시작했다. 잠결에 디자이너들의 잡담 소리가 뭉근하게 들려왔다. 하이톤의 목소리와 문장 처음에 강세를 주는 특이한 억양을 가진 목소리의 대화.

"너 조금 피곤해 보인다?"

"그게 말이지. 내가 28시간을 살아서 그래."

"하루가 24시간인데 28시간을 어떻게 살아?"

"나는 그래."

"실없는 소리를 왜 그렇게 진지하게 하고 그래."

"정말이니까…… 진짜 그렇다니까."

멀어지는 발소리. 그리고 하이톤의 목소리와 느긋한 말투의 대화.

"쟤는 하여튼, 쯧쯧."

"왜? 또 이상한 말 했어?"

"응. 완전 사차원 같아."

"좀 그렇지?"

"응. 피곤해 보인다고 말 폼 길어 주니까 사시는 28시간을 산다고 그러는 거 있지?"

"그게 말이 돼?"

"내 말이."

끔벅끔벅 자다 깨다를 반복했다. 좀 더 졸다 보니 머리가 완성되어 있었다.

"어때요?"

디자이너의 말에 잠들지 않았던 척 눈을 부릅뜨며 거울을 살폈다. 초록색도 회색도 아닌 그 중간색으로 부분 염색이 된 애쉬 그린 스타일이 만족스러웠다.

"마음에 들어요."

"정말요? 감사합니다."

특이한 억양이 섞인 목소리가 허리를 꾸벅, 숙이더니 속삭이듯 덧붙였다.

"손님한테 이런 말 하면 안 되는데…… 저 염색 손님이 처음이었거든요. 아니, 그러니까 제가 하고 싶은 말은 저 진짜 실력 좋은 헤어 스타일리스트가 되고 싶거든요. 어제도 그래서 내내 연습했는데, 아무튼 마음에 든다고 해 주시니 정말 감사합니다."

나와 비슷한 또래로 보였다. 잠결에 들은 이야기에 따르면 어제 28시간을 살았다고 말한 이였다.

책을 읽는 동안 시간이 멈추는 것과 같은 느낌은 그 후로도 반복되었다. 시간을 관장하는 신이 있다면, 그가 내게만 덤을 얹어 주는 게 아닐까, 하는 생각도 들었다. 완전 사차원 같아, 미용실에서 들었던 그 말이 자꾸 맴돌았다.

다른 일에 열중할 때는 시간의 흐름에 이상한 기미가 없었다. 오직 책을 읽을 때에만, 그러니까 내가 하고 싶은 일을 위해 단련하는 시간에만 그랬다. 실력 좋은 헤어 스타일리스트가 되기 위해 내내 연습했다던 그 디자이너에게도 그런 마법이 일어난 걸까.

이번에 읽기 시작한 소설은 두 권으로 된 장편이었다. 1권의 아주 초입까지만 읽고 편의점에 들고 온 책이었는데 한 권을 다 읽은 다음에도 시간이 거의 그대로였다.

"미쳤어!"

마지막 장을 덮은 다음, 나도 모르게 속삭이듯 중얼거렸다.

나는 도서관에 책을 몇 권 기증하여 대출 가능 권수를 두 배로 늘렸고, 전보다 더 게걸스럽게 책을 읽어 나갔다.

"죄송합니다. 오래 기다리셨어요?"

계산대 앞에서 아름아름하고 있는 손님에게 물었다.

"그게 아니라, 괜찮으신가 해서요."

"네? 뭐가요?"

크림빵과 우유를 들고 온 손님이 나를 가리키며 대답했다.

"조금 놀란 것처럼 보여서요."

"아, 아니에요."

경험할 때마다 매번 새롭게 놀라곤 하였다. 정신을 차리고 스캐너로 바코드를 띡, 띡, 찍었다.

"인물들 이름이 좀 헷갈리긴 하지만 그래도 재밌죠?"

올리브색 셔츠 소매를 팔꿈치까지 걷어 올린 손님이 계산대 위에 엎어 둔 책을 바라보며 말했다.

"네? 네."

"러시아 소설이 그렇더라고요."

"네, 맞아요."

"시간이 멈춘 거죠?"

깜짝 놀라 들고 있던 스캐너를 떨어뜨리고 말았다.

"에? 어떻게 아셨어요?"

"여기에 매일 오기도 하고, 저도 같은 경험을 해 봐서 알 수 있었어요."

내가 미처 파악하지 못한 단골 3인 셈이었다.

"나처럼 확인하려 들지 마요."

"네?"

"확인하려 들면 그 이상한 현상, 뭐랄까, 그러니까 꿈과 시간의 마법 말이에요. 더 이상 일어나지 않더라고요."

"아."

그래서 꿈과 시간의 마법을 통해 꿈을 이루었냐고 묻고 싶었다. 무슨 꿈을 품었었는지도 궁금했다.

"잘 활용해요. 잘할 수 있을 거예요. 잘할 수 있는 사람에게만 일어나는 일 같거든요."

소매를 둥둥 걷은 단골이 유유히 매장을 빠져나갔다. 그 후로도 그 단골은 매일 빵과 우유를 사러 왔고, 셔츠에 슬랙스 바지 차림도 늘 같았지만 어떤 말을 붙이거나 대화를 하려는 시도는 좀처럼 없었다. 궁금한 점이 여럿 있긴 했지만 나는 그에게 말을 붙이기가 두려웠다. 열지 말아야 할 판도라의 상자를 열어 버리게 될까 봐 불안했다. 호기심에 마음을 쓰기보다는 꿈과 시간의 마법을 잠잠하게 즐기는 게 현명했다.

이전에는 내 인생이 물살에 떠맡겨진 나무토막 아니 쓰레기 같다고 생각했다. 아빠가 이 말을 들으면 가슴 아파하겠지만 사실이 그랬다. 어떤 발버둥을 치더라도 강물에 떠다니는 쓰레기는 힘이 없다. 물결이 흘러가는 대로 떠내려갈 수밖에 없다. 하지만 지금은 아니었다. 단단한 무언가 위에 내 힘으로 서 있다고 자신할 수 있었다. 걸어갈 방향과 속도를 스스로 정할 수도 있었다.

대형 서점에서 단골 3을 보았다. 실제로 만난 것은 아니고, 베스트 에세이 코너에서 표지에 실린 사진으로 보았다. 그는 국내보다 외국에서 먼저 인정받은 일러스트레이터였다. 곤충을 즐겨 그리는데, 알고 보니 내 휴대폰 케이스의 방아깨비도 그의 작품이었다. 나를 보며 무름하게 짓던 눈웃음이 사진 속에서도 살아 있었다. 셔츠를 팔꿈치까지 걸어 올린 스타일도 그대로였다. 사려던 펜 세트를 사고, 그의 에세이도 추가로 구매했다. 서점 근처 편의점에 들어가 음료를 하나 샀다. 편의점 아르바이트를 하던 시간은 어느새 과거가 되었다.

  나는 작가가 되고 싶은 꿈을 접었다. 읽는 것과 쓰는 것은 다른 일이었고, 나는 이야기를 만들 때보다 읽을 때에 더 즐거움을 느끼는 사람이었다. 앞으로 또 하고 싶은 일이 바뀔 수도 있겠지만, 현재로서는 흥미로운 이야기를 사람들이 더 많이 접할 수 있도록 하는 일에 욕심이 생겼다. 그러려면 관련 마케팅이나 홍보 분야로 진출해야 했다. 책이 아니어도 좋을 것이다. 매력적인 이야기가 담겨 있는 것이라면 유형이든 무형이든 그 어떤 매체여도 뿌듯하지 않을까. 내가 팔게 될 무언가가 생긴다면, 가장 처음의 것은 새봄 이모에게 보여 줄 생각이다. 비혼이라고 했던 새봄 이모는 한 번의 결혼을 하고 얼마 안 있어 다시 혼자가 되었다.

  "호원이 네가 보기에도 내가 좀 웃기니?"

  아빠가 새봄 이모의 비혼주의를 놀려서인지, 돌아온 싱글이 된 이모가 호탕하게 웃으며 물었다.

"놀리는 아빠가 더 웃겨."

나는 아빠에게 핀잔을 주었고, 아빠는 그냥 말이 그렇다는 거지, 라며 웃어 버렸다.

"그게 맞는 건 줄 알았다가, 아닐 수도 있다는 생각이 들었다가, 또다시 아닐 수도 있는 게 아닐 수도 있다는 생각이 들어서 이렇게 되었어."

"이모는 최선을 다한 것뿐이네."

"그러게. 그랬는데 웃긴 모양이 되어 버렸네."

"하나도 안 웃긴데? 더 멋있어 보이는데."

입에 발린 말이 아니었다. 사실 그런 번복은 흔했고, 다른 말로 포장하려 하지 않는 이모가 멋있었다.

혹시 이모도 꿈과 시간의 마법을 경험해 본 적 있느냐고 물어보고 싶었지만, 말하지는 않았다. 뒤늦게 대학교에 진학하느라 편의점 일을 그만둔 후부터였는지, 무역회사의 인턴십을 시작한 후부터였는지 정확하지 않지만 내게 그 일은 더 이상 일어나지 않았다. 그럼에도 여전히 마법에 대해 떠벌리고 다니는 건 좀 꺼려졌다.

"엉아, 어떻게 하면 태권도 선수가 될 수 있어?"

새봄 이모가 데려온 가람이는 궁금한 게 많은 아이였다. 새봄 이모의 조카로, 동생네 부부의 아들인데 하루 보호자를 자처했다고 했다.

"일단 연습을 열심히 해야지."

가람이는 하고 싶은 일도 많아서 우선순위가 곧잘 바뀌었다.

"엉아, 나는 나중에 진짜 큰 빌딩을 만들고 싶어."

"그럼 건물 짓는 연습을 해야겠네."

"블록으로?"

"응. 처음에는 블록으로 해야지. 그리고 도면도 그려 봐."

"도면이 뭐야?"

"빌딩이 어떻게 생겼는지 그림으로 먼저 그려 보는 거야."

"오, 나 해 볼래. 해 볼래."

가람이가 패드를 갖고 오겠다며 깡충거리며 뛰어갔다.

"엉아도 같이 할 거지?"

나와 가람이를 지켜보고 있던 새봄 이모가 뱅그레 웃음을 지었다.

"그래, 해 보자."

무엇이든지 하다 보면 어떤 마법을 만날 수도 있으니까 일단은 해 보는 게 첫 시작이었다. 그러니까 내가 겪은 꿈과 시간의 마법이란, 모두가 알고 있을 사실이었다. 그래서 더욱 마법 같은 마법이었다.